I0552324

4 BOMBEROS

UN ROMANCE DE HARÉN INVERSO

STEPHANIE BROTHER

1

«¿Tienes idea de lo que sea esto?», le pregunté al hombre a mi lado en el bufé de la boda, él era extremadamente guapo. Había decidido ser valiente y elegir algo de la sección asiática, pero todo me resultaba desconocido y no quería llenar mi plato con alimentos que no combinaran bien. Él me miró con sus etéreos ojos grises, similares a las nubes del primer día de otoño y sus labios carnosos curvados en una sonrisa divertida.

«Esto es curry verde», dijo. «Parece que es pollo. Pero no debería estar muy picante, si es eso lo que te preocupa».

«¿Y esto?».

«Son fideos de arroz con gambas. Se llama Pad Thai. También están muy buenos. Y coge un poco de esto». Señaló otro plato mientras una mujer a su lado se quejaba de lo lento que nos movíamos. Si no hubiésemos estado en la boda de mi mejor amiga, le habría dicho que se calmara. No es que la comida se fuese a acabar ni nada por el estilo. Ella no parecía ser pariente de Natalie, pero quién sabe. Había cuatrocientas personas en esta extravagancia y casi no conocía a ninguna de ellas.

Técnicamente, tampoco había conocido oficialmente al hombre con el que conversaba sobre la comida, pero sí sabía quién podría ser. Debía ser Kane o Karter Banbury. Gemelo idéntico y primo hermano de los nuevos maridos de mi mejor

1

amiga. Sí, he dicho *maridos*, porque esta boda no era una extravagancia solo por el lugar o el número de invitados. Era extravagante porque mi mejor amiga estaba haciendo historia casándose con tres hombres al mismo tiempo.

Tres.

Nunca habría imaginado a Natalie en una situación como esta. El poliamor siempre me había fascinado. De hecho, ella se burlaba de mi biblioteca Kindle y de lo repleta que estaba de novelas románticas de harén inverso. Y aquí estaba ella, viviendo mi sueño. ¡Casada con sus tres hermanastros!

Le devolví la sonrisa a Kane o Karter, un hombre guapísimo de un metro ochenta y tres, vestido con un traje gris claro y una camisa de cuello abierto. Solo con ver lo poco que se veía de su cuello, ya me daban ganas de apretar mis muslos contra él. Maldita sea.

«¿Así que eres experto en cocina asiática?».

«No, no soy un experto, pero tengo un amigo que cocina muy bien platos tailandeses y vietnamitas».

«Qué suerte». Me serví la comida que él me había señalado y observé cómo seleccionaba unas cosas redondas y naranjas de aspecto extraño.

«Son croquetas de pescado tailandesas», me dijo, y sin preguntar, puso dos en mi plato. «Tienes que probarlas. Mójalas en salsa de chile dulce».

«Vale, lo haré. Por cierto, me llamo Connie».

«Lo sé», dijo. «La dama de honor de Natalie».

«Más bien la dama de deshonra». Le guiñé un ojo de forma sugerente porque tenía un motivo oculto para interrogar a este hombre sobre la comida. Antes de salir de casa, pasé horas en la esteticista, asegurándome de que cada parte de mi cuerpo estuviera suave y hermosa, porque eran mis primeras

2

vacaciones en el extranjero y tenía la firme intención de que fueran memorables.

Él resopló, pero noté un pequeño destello en sus ojos que me indicó que estaba captando mi señal. «Kane», dijo.

«El primo guapo de Mason, Max y Miller», respondí.

Casi se le cae el plato cuando se rio. «Nadie me había llamado "primo guapo" antes».

«Bueno, parece que acabo de romper esa tradición. ¿Dónde están tus hermanos guapos?». Kane señaló hacia la esquina más alejada de la zona de mesas al aire libre, donde había una mesa ocupada por otros familiares del novio. En cambio, yo me sentaba con algunos compañeros de trabajo de Natalie y unos cuantos amigos del instituto. «Bueno, yo estoy allí». Señalé mi mesa y los ojos de Kane siguieron mi gesto. «¿Quizás nos veamos más tarde?».

«Quizás». Kane levantó una ceja y noté que tenía una pequeña cicatriz en la derecha, lo que me ayudaría a distinguirlo de su hermano.

Me alejé contoneándome, sintiendo su mirada fija en mi trasero, que se balanceaba bajo mi vestido largo y ceñido. No se me marcaban las bragas, ya que había optado por usar mi tanga azul claro más pequeña para preservar mi silueta. Esperaba que alguien me la quitara con los dientes más tarde. Cuando volví a mi mesa, las chicas a mi lado miraron mi comida. «Eres valiente», dijo Mary, con un plato de chili con arroz, una comida sencilla que podía pedirse en cualquier restaurante de su ciudad.

Miré hacia la mesa de Kane y vi cuatro cabezas giradas en mi dirección. Mi corazón dio un vuelco mientras me bebía rápidamente una copa de champán. Luego sonreí y saludé con la mano en esa dirección. Tres hombres cuyos nombres conocía me devolvieron el saludo: el gemelo de Kane, Karter, y sus otros hermanos gemelos, Holden y Harris Banbury. Su padre era hermano del padre de los novios de mi amiga.

3

Cuando Dios creó los rasgos físicos más llamativos de la belleza extrema, dedicó injustamente más tiempo de lo normal a la familia Banbury. Me habría venido bien que un poco de esa belleza me hubiera salpicado más, pero hay que esforzarse con lo que se tiene.

«Recibí algunos consejos sobre qué debía elegir de un hombre excepcionalmente guapo. Luego coqueteé descaradamente con él».

«¡Me lo creo!», dijo Mary, sonriendo. «Natalie me pidió que te vigilara esta noche».

«Natalie se preocupa demasiado», dije. «Soy una mujer adulta que busca divertirse durante las vacaciones».

«Si no tuviera novio en casa, haría lo mismo», dijo Mary. «¿Has visto a algunos de los hombres de aquí? Te juro que los maridos de Natalie tienen los amigos y familiares más atractivos».

«No me digas».

«Entonces, tus planes para divertirte en vacaciones... ¿incluyen a un hombre o piensas seguir el ejemplo de Natalie?».

«Creo que Natalie ha escrito un *best seller*. ¿Cómo podría ignorarlo?». Moví las cejas y Mary resopló.

«Me alegro por ti. Solo asegúrate de que quienquiera que arrastres a tu guarida del pecado sea un buen tipo. Tengo la sensación de que Natalie ha encontrado oro en un área que normalmente está llena de basura».

«Probablemente tengas razón», dije, incluso mientras mis ojos se desviaban hacia la mesa repleta de los sexys hombres Banbury. ¿Serán oro o basura? Las conexiones familiares no significan mucho. Tengo un primo en la cárcel por un cargo de malversación. Siempre hay una mezcla de ovejas buenas y malas. Y, de todos modos, no estaba buscando con quien casarme. Buscaba a alguien lo suficientemente travieso como

4

para dejarme recuerdos deliciosamente obscenos que me mantuvieran caliente por las noches cuando volviera a mi pequeño apartamento, a mi insatisfactorio trabajo y viera a mi amiga viviendo el sueño. Uf, solo pensar en subirme al avión para volver a casa me hacía temblar de miedo.

Debería estar agradecida por mi vida. Conseguí salir de casa y valerme por mí misma, para sorpresa de mi padre. Puede que mi trabajo no sea el más satisfactorio, pero me da para pagar las facturas y hay oportunidades de ascenso. Al menos, eso es lo que me dijeron cuando me incorporé.

Di un bocado tentativo al pastel de pescado y degusté los deliciosos sabores desconocidos.

¿A quién le va a gustar conocer todos los sabores de la vida sin probarlos por primera vez?

A mí no.

Yo quería sorpresas que me iluminaran por dentro. Quería experiencias que me hicieran sonrojar y reír. Quería saber lo que siente Natalie cuando se desliza entre las sábanas por la noche con tres hombres que la encienden.

Kane tenía razón. El curry verde no era demasiado picante y los fideos de arroz estaban espectaculares. El hombre tenía buen gusto. Solo esperaba ser yo el siguiente plato que él eligiera del bufé de aquella noche.

2

No conseguí atrapar el ramo, a pesar de saber que Natalie estaba haciendo todo lo posible por lanzarlo en mi dirección. No tengo ni idea de por qué cree que yo quería ser la siguiente en casarme. Mary fue la afortunada que, según la tradición, será la siguiente en dar el «sí, quiero». Estaba encantada, sosteniendo las bonitas flores por encima de su cabeza mientras los invitados a la boda aplaudían y vitoreaban con entusiasmo.

«¿Decepcionada?». Giré la cabeza y vi a Kane detrás de mí, sin chaqueta y con las mangas de la camisa remangadas hasta los codos, mostrando unos antebrazos tatuados que deberían estar prohibidos en público.

«El matrimonio es aburrido», dije, volviendo a mirar a Mary y a Natalie, que se abrazaban. «Ya has visto en el bufé cómo soy. No soy una chica de un solo plato».

«Creo que Natalie ha demostrado que las relaciones no tienen por qué ser un plato único». Si era posible que la voz de un hombre rezumara sexo, la de Kane definitivamente lo hacía. Dios mío. Creo que hasta me manché un poco las bragas.

«Natalie tropezó con el cielo en algún momento. El resto de nosotros seguimos dando tumbos en la tierra». Me giré hacia Kane, inclinando la cabeza para encontrarme con sus bonitos ojos, y luego dejé que mi mirada recorriera sus anchos hombros y su amplio pecho, bajando hasta su estrecha cintura y sus anchos muslos. Los pantalones le quedaban muy ajustados.

«No creo que seas el tipo de mujer que se tambalea por nada», dijo, con una sonrisa torcida en los labios. Él no tenía ni idea.

«¿Te gustaría jugar un partido de tenis de mesa conmigo?». Fue una sugerencia aleatoria que le hizo reír a carcajadas otra vez. Ver su sorpresa me llenaba de alegría.

«¿No se supone que debes quedarte para atender las necesidades de Natalie?».

Ambos miramos hacia donde estaba Natalie, rodeada por sus maridos. «No creo que pueda meterme ahí con sus necesidades, ¿tú crees?».

«Tienes razón. Entonces, juguemos al tenis de mesa».

Saturada de champán y con mi actitud de «estoy de vacaciones para disfrutar», tomé a Kane de la mano, grande y cálida, y lo arrastré hasta la zona de juegos al aire libre del hotel. Había cuatro raquetas y una bolsa de pelotas sobre la mesa. «Ni siquiera sabía que esto estaba aquí», dijo Kane. Se subió las mangas de la camisa como si fuera en serio, cogió una raqueta, me la dio, luego cogió otra para él.

Un hombre con buenos modales. Casi podía oír el sonido de las campanas del bote sonando en mi cabeza. Las otras raquetas están debajo de la mesa junto con la bolsa de pelotas. Mientras le daba la vuelta a la mesa, él levantó una sola bola blanca. «¿Las damas primero?».

«Soy una chica que cree en la igualdad de oportunidades». Me quité mis ridículas sandalias para tener alguna posibilidad de estar a la altura de este hombre atlético y gigantesco.

Kane negó con la cabeza y una sonrisa divertida se dibujó en sus labios. «Estoy a favor de la igualdad de oportunidades en todo».

Quería preguntarle a qué cosas se refería, pero ya estaba lanzando la pelota en mi dirección y me apresuré a colocarme en posición para devolvérsela. Intercambiamos la pelota, de un lado a otro, con más velocidad de la que esperaba. Parecía que Kane había jugado antes y no puedo seguirle el ritmo. Los años de competencia con mi padre, que se esforzaba al máximo para ganarme y luego señalarme lo mucho que tenía que mejorar mi juego, me había convertido en una persona ridículamente competitiva. Anoté el primer punto y Kane asintió con la cabeza como si le hubiera ganado. Supongo que, en cierto modo, así había sido. Me agarré la parte superior de mi vestido sin tirantes y me lo subí. No es la prenda más práctica, pero fue elección de Natalie, y tenía que dejar que mi mejor amiga se saliera con la suya en su gran día.

«Lo haces muy bien», señaló Kane mientras devolvía la pelota que yo había servido a gran velocidad. Rebotó en el borde de la mesa y logré pegarle con fuerza con la parte plana de mi raqueta.

«He jugado algunos partidos».

«¿Unos cuantos miles?».

«Quizás». Sonreí mientras volvía a marcar, con la pelota describiendo un arco con demasiado efecto para que Kane pudiera devolverla por encima de la red.

«Te está dando mil vueltas», dijo una voz grave detrás de mí. Me giré y vi la imagen especular de Kane mirándonos con interés. Llevaba pantalones oscuros y una camisa gris suave con las mangas remangadas a juego. Su cabello oscuro estaba ligeramente más largo, pero peinado igual que el de su gemelo.

«Parece que Connie es una campeona de tenis de mesa disfrazada de dama de honor».

8

«¿No te enseñó tu madre que las apariencias engañan?».

«Sí, señora». Se enderezó un poco y su expresión facial cambió ligeramente.

Oh... Me gusta cuando me llama así. «Bueno, entonces». Puse las manos en las caderas, todavía agarrando la raqueta en una y la pelota en la otra.

«Pero también nos enseñó a ser respetuosos con las mujeres, ante todo», dice Karter.

«Tú querías jugar y yo no iba a decir que no, aunque sospechaba que me iban a dar una paliza».

«¿Pensabas que te iban a dar una paliza y aun así aceptaste jugar?».

«Por supuesto», dijo Kane, encogiéndose de hombros. «Ganar está bien, pero no es una necesidad».

Fruncí los labios, encontrando refrescante la actitud relajada de mi oponente. La mayoría de los hombres odian perder contra una mujer, especialmente mi padre. Cuando finalmente le gané en el tenis de mesa, decidió que ya no le interesaba jugar. Le gané una vez en todos los años de competición, y esa vez fue el final de nuestra rivalidad.

«¿Quieres jugar?», le pregunté a Karter.

«No estoy seguro de que vaya a ser mejor que mi hermano», dijo, pero se acercó a la mesa y tomó una raqueta del suelo. «¿Deberíamos jugar un doble?».

Nunca había jugado dobles, pero estaba dispuesta a aceptar un reto como cualquiera. Justo cuando estaba a punto de preguntar a quién podríamos reclutar para que sea mi compañero, Holden y Harris se acercaron.

Vaya. De cerca, estos hermanos eran realmente perfectos. Holden y Harris tenían ojos azules que combinaban con el tono del agua de la costa de nuestra paradisíaca isla tailandesa, y sus cabellos eran un par de tonos más claros que el de sus hermanos.

«¿Necesitas otro jugador?», preguntó uno de este otro par de gemelos.

«Holden, esta es Connie», dijo Kane. Así que ahora sabía que Holden es el gemelo con el pelo muy corto, y el otro, Harris, es el de los suaves rizos castaños claros por los que me imaginaba pasando los dedos. Siempre me pregunté si a Natalie le resultaba difícil recordar quién era quién en su relación, ¡pero ahora empiezo a darme cuenta de que es pan comido!

«Me encantaría tener un compañero», dije. «¿Sabes jugar?».

«Tan bien como mis hermanos», Holden también tomó una raqueta y Harris se posicionó junto a la red como si fuera a hacer de árbitro. Por un momento, me pregunté si era una buena idea. Había conseguido llevar a los hombres que más me habían atraído durante la fiesta hasta una zona apartada y desierta del hotel, pero ¿y ahora qué? Supuse que jugaríamos y veríamos qué pasaba, pero me costaba imaginar una transición eficaz desde este punto hacia lo que realmente quería estar haciendo en ese momento.

Mientras jugábamos un partido más igualado, mi mente divagaba por muchos finales diferentes para esta boda. Podía acabar de vuelta en mi cama, sudada luego de haber jugado al tenis de mesa. Podía volver a la boda y bailar con todas las chicas de mi mesa. Quizás podía acabar enrollándome con uno de estos chicos, pero ¿cómo elegir uno solo?... También había otra opción. Podía hacer lo que siempre había fantaseado y proponerles a estos hombres sexys una noche de libertinaje.

Era lo que quería. Era lo que deseaba con tanto anhelo que me costaba concentrarme en el juego. Pero, ¿podría hacerlo realmente?

Sabía que podría preguntarles. Pero, ¿me importaba si decían que no? En realidad, no. Solo iba a estar allí unos días

10

más, y el hotel era lo suficientemente grande como para poder evitarlos si realmente fuese necesario. Tampoco era probable que los volviera a ver en casa, excepto en las futuras celebraciones de Natalie. Podría soportarlo. Pero, ¿y si decían que sí? ¿Y si aceptaban y yo no era suficiente? ¿Y si era profesionales en esto? Quizás fuese algo que venía de familia. Si lo habían hecho antes, seguro no esperarían a una novata.

Natalie no me había revelado mucho sobre su vida sexual, pero llegué a ver algunos videos picantes en Internet y tenía una idea bastante clara de lo que debía hacer una mujer para complacer a tres o cuatro hombres. Algunos videos eran mucho más violentos de lo que me gustaría. Supongo que son los dirigidos a los hombres. Lo que no había visto eran videos en los que tres o cuatro hombres se esfuerzan por complacer a una mujer. Quiero decir, todos sabemos que el porno no suele incluir orgasmos reales para las participantes femeninas, y son los orgasmos reales los que me apetecen.

En este punto me sentía más ansiosa que un lobo hambriento.

«Eres buena», señaló Karter mientras yo anotaba otro punto contra los gemelos. Holden levantó la mano para chocar los cinco y Harris se rio para sus adentros.

«Chicos, una chica les está tomando el pelo».

«Oye», dijo Kane con seriedad. «Déjalo ya. Pareces un machista idiota».

Harris tuvo la decencia de parecer arrepentido y alzó las palmas de las manos. «Solo quiero decir que Connie es pequeña en comparación a ustedes, y aun así golpea la pelota con más fuerza y efecto que cualquiera de los dos».

Kane apoyó la raqueta sobre la mesa. «Creo que Connie nos ha demostrado que tiene mucho talento».

11

«Estoy segura de que tú también tienes muchos talentos», dije con esperanza. Él me guiñó un ojo y miró hacia la boda, donde la música sonaba a todo volumen.

«¿Puedo mostrarte mi talento para pedir chupitos?», preguntó. «Y quizá después, para bailar en la pista. Y quizá después de eso...». Su voz se apagó, pero cuando sus ojos color acero se encontraron con los míos, las palabras que faltan fueron sorprendentemente obvias. Después de eso, tenía la intención de mostrarme lo talentoso que era follando. Olvídate de coger el ramo. Logré pescar al menos a un hombre sexy con mi anzuelo.

«Los chupitos suenan genial», dije, devolviéndole el guiño. Mientras me volvía a poner los zapatos, observé a los hermanos mirándose entre sí con el rabillo del ojo. Definitivamente, había una comunicación silenciosa entre ellos. Quizás pensaban que Kane había tenido éxito y que todos debían buscar sus propias aventuras vacacionales. Quizás tenían novia y no estaban buscando nada en absoluto. Quizás estaban pensando en algo completamente diferente. No saberlo me estaba matando. Si tuviera un superpoder, sería el de leer la mente.

Mientras nos dirigíamos de vuelta a la recepción, deslizo mi mano por el brazo de Holden. «Formamos un buen equipo», le dije, esperando que captara lo que quería decir y pudiera tener una mejor idea de hacia dónde quería dirigir todo este asunto.

«Bueno, soy un buen jugador de equipo», dijo. No había nada sugerente en su voz ni un guiño obvio como el que me hizo Kane, pero cuando su mano libre descansó sobre la mía en el hueco de su codo, supe que mis esperanzas no eran del todo vanas.

Puede que Natalie no sea la única que fuera a tener más de un amante sexy aquella noche.

12

3

Estaba de pie en la barra con Holden y Harris a mi izquierda y Karter y Kane a mi derecha. El camarero se acercó, mirando de un lado a otro y luego a mí, arqueando sus cejas oscuras. «¿Qué les sirvo?», preguntó.

«Sí», dijo Kane con decisión. «Tomaremos diez chupitos de tequila». Todos los hermanos gruñeron, pero eso no le hizo cambiar de opinión. En cambio, rio y me guiñó el ojo con complicidad. «Sabes, Connie, fingen que no les gusta el tequila, pero todas nuestras mejores noches han incluido unos cuantos chupitos de más».

«Todas mis mejores noches también», dije, recordando algunas de mis noches más ruidosas en discotecas con Natalie en el pasado. Hubo una en la que bailamos en una cornisa, muy por encima de la multitud. Incluso nos grabamos en un video estando borrachas, cuando se suponía que tomaríamos una fotografía. Estábamos ambas sonrientes y con los ojos entrecerrados por la borrachera.

«¿Ven? Connie tiene más pelotas que todos ustedes juntos».

«Entonces puede beberse nuestras copas», refunfuñó Holden. «Ya sabes, acabamos de llegar. No quiero pasarme la mañana curándome una resaca monstruosa».

«Mejor quedémonos con dos, entonces», dijo Kane.

El camarero preparó unos vasos pequeños con un líquido transparente, coronados con una rodaja de limón y un salero. Todos nos lamimos el dorso de la mano, la espolvoreamos con sal y esperamos a que estuvieran listos. Mi corazón latía muy rápido por la expectación. Odio el sabor y la sensación de ardor cuando el tequila baja por mi estómago, pero una vez allí, la calidez que se extiende por mi cuerpo es intensa y me adormece la mente.

Dos de estos pequeños vasos de fuego y no quedaría ni una pizca de duda en mi mente, y eso es exactamente lo que deseaba.

Mientras terminábamos nuestros chupitos, chupando las rodajas de limón con caras de asco y los ojos entrecerrados, el camarero esperaba. «Ya está», dijo Holden, levantando la mano. «¿Puedes cargarlo en la habitación dos cincuenta y seis?». El camarero asintió mientras yo calculaba lo cerca que estaba mi habitación de la suya. Diez puertas más abajo. No era una distancia demasiado grande para recorrer durante un paseo matutino de la vergüenza.

«Es hora de bailar», dijo Kane, con las mejillas un poco más sonrojadas que antes. Me tomó de la mano y me llevó a la pista de baile, donde Natalie estaba moviendo el esqueleto.

«¡Sí!», gritó, y me abrazó con una alegría exagerada. «Esta chica... es la mejor amiga que cualquiera podría tener. Si no fuera por ella... no sé qué estaría haciendo ahora mismo».

Sonreí e hice una reverencia teatral, no porque me gustara atribuirme todo el mérito por lo bien que le estaba yendo en la vida. Eso era mérito exclusivo de Natalie. Era solo que sabía que le encantaría, y así fue, ya que me abrazó de nuevo. «Parece que te has rodeado de un séquito muy sexy», me susurró al oído. O al menos sospeché que ella creía que me estaba susurrando, cuando en realidad, hablaba a un volumen que se oía perfectamente por encima de la música.

«Sí, es verdad».

«Los Banbury son como dioses del sexo», dijo.

«Sí, lo son», coincidí, riéndome de su embriaguez. Mis ojos se encontraron con los de Karter por encima del hombro de Natalie, y él también se estaba riendo.

«Sabes, te los recomiendo», continúo Natalie. «Son increíbles en la cama y saben cómo tratar a una mujer. No me habría casado con tantos de ellos si no fueran increíbles».

«Lo sé». Le di una palmada tranquilizadora en la espalda mientras ella descasaba más de su peso sobre mí. Esperaba que alguno de sus maridos tuviera una estrategia para hacerla entrar en razón.

«Crees que estoy borracha, ¿verdad?». Esta vez me susurró al oído. «Pues no lo estoy. Solo estoy mirando a mi alrededor con la esperanza de que te tires a alguien esta noche». Me besó en la mejilla, se echó hacia atrás y me guiñó el ojo de la forma más cómica y exagerada que jamás haya visto en su hermoso rostro. A nuestro alrededor, siete hombres sexys de Banbury bailaban como profesionales, y Natalie y yo estamos en el centro de todo. Ella no podía parecer más feliz, yo estaba segura de que nunca había sonreído tanto.

Si la técnica de baile era un buen instrumento de medición para calcular lo los movimientos sexuales, entonces los cuatro hombres con los que quería acostarme prometían ser increíbles. El tequila era como lava en mi estómago, levanté las manos al aire, disfrutando de lo libre que me sentía.

Tailandia es preciosa, ese evento era espectacular y yo me sentía eufórica y libre. Estas vacaciones eran como una burbuja en el tiempo en la que podía dejar de lado toda precaución. Bailé más cerca de Natalie y le puse una mano en el hombro. «¿Crees que puedo hacerlo?». Los ojos tiernos de mi amiga escudriñaron mi rostro, noté que su cabello rubio comenzaba a rizarse un poco por la humedad.

«Claro que puedes, idiota». Me dio un suave puñetazo en el brazo. «Si yo puedo, tú también puedes con nata montada, virutas de chocolate y cerezas por encima... De hecho, ¿qué demonios haces aquí? Saca a estos hombres de la pista de baile y enséñales de qué estás hecha. Es mi deseo para ti en mi boda. De hecho...». Se inclinó, agarró el dobladillo de su delicado vestido y se lo subió por la pierna derecha. Apareció una bonita liga azul, la tiró hacia abajo y se la quitó con la elegancia de un quarterback. «Esto es para ti. Olvídate del ramo. Necesitas divertirte un poco». Tomé la liga, la colgué en mi dedo índice y me reí tanto que casi no podía respirar.

«¡Bueno, gracias, cariño!».

«Deme las gracias más tarde, cuando haya surtido efecto. No te preocupes. Tengo otra arriba que mis maridos podrán quitarme con los dientes más tarde».

«Bueno, en ese caso...». Me agaché, deslicé la liga por mi sandalia y me la subí por la pierna hasta que se ajustó a la parte más ancha de mi muslo. Mientras dejaba caer la tela de mi vestido, levanté la vista y noté cuatro pares de ojos ardientes fijos en mí.

Natalie me dio un beso en la mejilla. «Vete, entonces», me dijo, empujándome hacia Kane. «Cuida de mi amiga», le dijo. «Es un diamante».

Mientras avanzaba tambaleándome, Kane me agarró del brazo para estabilizarme. Sus ojos escudriñaron mi rostro y yo parpadeé lentamente, absorbiendo toda su intensa y abrumadora belleza.

«Quizá sea hora de cambiar de lugar», dijo en voz baja.

«Quizá sí». A nuestro alrededor, la pista de baile estaba llena de gente. Las luces parpadeaban al ritmo de la música, proyectando rayos de colores que hacían que sus ojos brillaran con todos los tonos del arcoíris. Entre nosotros había una conexión que crepitaba con electricidad.

«¡Chicos!», gritó, con los ojos aún fijos en los míos. «Tomen sus chaquetas. Se acabó la fiesta».

No fueron necesarias preguntas, y cuando Kane me tomó del brazo y me llevó de vuelta a mi mesa para que recogiera mis cosas, sentí como si estuviera caminando sobre el agua.

Desear algo con tanta intensidad es como sentir hambre. Descubrir que estás a punto de conseguirlo es una sensación escalofriante y emocionante que casi te expande la mente. Quería reírme como una adolescente nerviosa. Me picaban las manos por taparme la boca y el corazón con la emoción, pero tenía que reprimirlo todo porque soy una mujer adulta que deseaba que esta fuese una experiencia sensual y madura. Me había hecho una idea tan clara de cómo podría ser que hacer cualquier cosa para cambiarlo me parecía un riesgo demasiado grande.

No pregunté adónde íbamos, pero quizá debí hacerlo. Kane tomó una botella de champán sin abrir de la mesa y un plato de ricos bombones de trufa que nos sirvieron con el café, pero que no pudimos comer porque estábamos demasiado llenos. Todo encajaba con mis fantasías.

«Sígueme», dijo.

Y yo lo hice, como un cachorro que sigue felizmente a su amo.

Nos reunimos con Harris, Holden y Karter en su mesa, y Kane le dijo a su gemelo que tomara otra botella de champán, luego nos alejó a todos de la recepción de la boda y nos llevó por un camino del hotel. Este lugar estaba repleto de jardines rebosantes de plantas tropicales con flores rojas y blancas que parecían demasiado perfectas para ser reales. No conocía muy bien esa zona, pero estaba segura de que no íbamos hacia a nuestras habitaciones. Cada paso que nos alejaba del hotel principal desinflaba mi burbuja de emoción.

Sabía que Natalie había sido descarada y que yo tampoco había intentado ocultar mis sentimientos, pero tal vez lo único que Kane quería era encontrar un lugar público para relajarse con sus hermanos. Tal vez me había imaginado toda la electricidad y las miradas furtivas. Tal vez lo deseaba tanto que había inventado la posibilidad de que se hiciera realidad en mi cabeza.

Excepto que, justo cuando mis hombros se habían hundido y mi corazón se había caído hasta el estómago por la decepción, Kane se detuvo frente a un camino. Estábamos en lo que parecía ser la parte VIP del hotel, llena de alojamientos estilo villa con piscinas privadas. Le entregó a Harris la botella de champán y sacó una llave de su bolsillo, sosteniéndola en el aire.

«Miren lo que ha hecho Conrad».

Los hermanos Banbury silbaron en señal de aprobación mientras Kane se dirigió por el camino hacia la puerta de madera oscura pulida. Introdujo la tarjeta en la cerradura, que emitió un pitido y se iluminó en color verde. Él entró primero, y sus hermanos me hicieron señas para que los siguiera. El interior no era decepcionante.

Si mi habitación era un ocho sobre diez, este lugar era sin duda un quince. Supuse que así es como vivía la otra mitad. Con suelos de madera oscura y asientos de cuero color crema, todo rezumaba lujo. Había una moderna cocina blanca brillante con encimeras de mármol blanco y gris, y puertas plegables que se abrían a una terraza de madera frente a una hermosa piscina. Era realmente perfecto.

Holden fue el primero en abrir las puertas; salió y contempló el cielo estrellado como si lo viera por primera vez. «Ni siquiera voy a fingir que estoy enfadado con el tío Conrad por conseguir una mejora, porque esto es...».

«Jodidamente increíble», dijo Harris.

Sonrió a su gemelo. «Exactamente».

«El último en meterse en la piscina es un perdedor», dijo Kane, y en un instante, todos empezaron a quitarse la ropa. Durante los siguientes segundos, me hice una idea de cómo

18

debían de ser de niños. Cuatro chicos, ultra competitivos, siempre intentando superar a los otros tres.

Rieron por el esfuerzo de la carrera y por la alegría de encontrarse rodeados de un nivel de lujo sorprendente. Las mariposas que revoloteaban en mi estómago de repente se calmaron. No porque ya no me emocionaran estos cuatro hombres. Los observaba mientras tiraban su ropa sobre los sofás, posiblemente traídos desde Italia, hasta que sus cuerpos musculosos, enfundados en ajustados calzoncillos tipo bóxer, eran todo lo que mis ojos podían ver. Corrieron por la cubierta de madera y saltaron al agua como monos traviesos y ansiosos, yo casi no sabía adónde mirar. Había demasiada belleza a la vista. De repente, ya no eran solo hombres sexys con los que deseaba acostarme, sino hombres de buen corazón y con los pies en la tierra que podrían convertirse en mucho más.

Pero no podía dejarme llevar por los sentimientos. Los sentimientos no tenían lugar aquella noche. Las emociones no debían desarrollarse porque sabía que ellos vivían en otro estado y no existía futuro fuera de esas vacaciones.

No me costó demasiado quitarme el vestido. Se cerraba con una cremallera en la espalda, que se deslizaba como un cuchillo por la mantequilla. Debajo vestía un sujetador sin tirantes y un diminuto tanga. Ah, y la pequeña liga traviesa que me regaló la novia. Mientras me quitaba las sandalias y las dejaba caer sobre el montón de tela azul, levanté la vista y vi que los hermanos Banbury se habían quedado en silencio. Cuatro rostros se volvieron hacia mí. Cuatro pares de ojos me miraban de arriba a abajo, y la sensación era increíble.

¿Había actuado antes como una exhibicionista? La verdad es que no. En mis relaciones pasadas, el sexo solía ser en la cama, bajo las sábanas y con las luces apagadas. Quizás por eso nunca sentí que alguien me encendiera por dentro. Quizás esto es lo que necesitaba desde el principio.

Caminé lentamente hacia la piscina, dejando que una sonrisa se dibujara en mis labios, manteniendo los hombros

19

hacia atrás y metiendo el estómago, deseando que les gustara todo lo que mi cuerpo podía ofrecer. Sí, mis muslos se unían en el centro y mis caderas podían ser un poco curvilíneas. Sí, mi trasero podía beneficiarse de unas cuantas sentadillas que nunca hago, pero me sentía genial.

Cuatro hombres me miraban como si fuera lo mejor que habían visto en su vida, y no son cuatro hombres cualquiera. Son cuatro hombres que podrían aparecer en la portada de alguna prestigiosa revista de moda. Cuatro hombres a los que nunca me habría atrevido a acercarme en mi país.

En mi burbuja vacacional tailandesa, podía ser la persona que siempre había querido ser. Segura, ambiciosa, atrevida y sexy. Podía sentarme al borde de esta piscina, chapotear con mis piernas perfectamente lisas en el agua suave y cálida, y sonreír ante lo que ahora sabía con certeza que iba a suceder.

Mi fantasía se haría realidad y yo iba a disfrutar cada minuto.

4

Fue Kane quien me tocó primero, pero no de la forma como lo habría imaginado. No hubo ningún recorrido seductor de sus dedos sobre mi piel, ni una suave retirada de la liga que estaba pidiendo a gritos su atención. En cambio, se acercó y me tomó por las caderas, atrayéndome hacia la piscina hasta que estuve bajo el agua, lo que me hizo salir a la superficie con el chapoteo menos sexy que hice nunca. Es que llevaba más maquillaje del que había llevado en mi vida, y probablemente la mayor parte estuviera en el lugar equivocado. Mi cabello perfectamente arreglado también estaba arruinado, colgando en mechones sobre mi cara. Me apresuré a recomponerme mientras intentaba recuperar el aliento, y vi a Kane partiéndose de risa y a sus hermanos salpicándole en mi defensa.

«No estuvo bien, hombre», dijo Holden.

«No fue nada amable», añadió Karter, que se acercó y me rodeó con sus brazos para que no tuviera que mantenerme a flote. Cuando terminé de ponerme presentable, me pasó suavemente el pulgar por debajo de ambos ojos. «Tienes algo negro». Parpadeé, fijándome en las similitudes y diferencias con su gemelo. Es curioso cómo desde la distancia dos personas pueden verse tan parecidas, pero de cerca, las expresiones faciales más pequeñas marcan una gran diferencia. Mientras que Kane se mostraba arrogante y seguro de sí mismo, Karter era definitivamente más empático.

21

«Connie es una chica que cree en la igualdad de oportunidades», dijo Kane. Había encontrado una pelota al lado de la piscina, la lanzó al aire y la atrapó como si no tuviera ninguna preocupación en el mundo. Una parte de mí seguía sorprendida por haber sido sumergida, pero a la otra mitad le gustó que no me tratara como a una princesa frágil.

«Supongo que entonces no te importará que ella te empuje al agua».

«Si eso es lo que quiere hacer, puede intentarlo».

«Ten cuidado, Kane», le dije, saliendo del abrazo de Karter. «¿Quieres lanzar esa pelota?».

La sonrisa de Kane se amplió y me di cuenta de que le gusta jugar. Me dirigí a la parte menos profunda, seguida por Karter y Holden. Harris se unió a Kane y, durante un rato, nos lanzamos la pelota y nos lo pasamos muy bien escuchando sus bromas, mitad joviales y mitad teñidas de sana rivalidad, poco a poco empezaba a conocerlos más.

Kane era sin duda el más competitivo, con un toque descarado que me indicaba que no tenía miedo de seguir su propio camino. La forma en la que Karter no dejaba de mirarme para comprobar que estaba bien me indicaba más su empatía. A Holden le gustaba organizar, llevar la cuenta de quién dejaba caer la pelota, y Harris se burlaba constantemente de sus hermanos.

¿Y yo? Bueno, yo simplemente disfrutaba de estar rodeada de hombres dispuestos a tomarse su tiempo en lugar de lanzarse directamente a los momentos sensuales. Eran inusuales en ese sentido. Estaba segura de que la mayoría de los chicos de la fiesta ya se habrían quedado dormidos después del sexo.

Fue Harris quien detuvo el juego para ir al baño. Holden siguió a su gemelo desde la piscina y se fue a la cocina a buscar copas para el champán. Descorchó la botella como un profesional y llenó las copas con el burbujeante líquido. Kane

22

y Karter usaron sus brazos superfuertes para salir también de la piscina, pero yo decidí salir con más elegancia subiendo por la escalera. Harris reapareció con una gran toalla blanca para mí que acepté agradecida. El aire se sentía cálido para ser de noche, pero lo suficientemente fresco como para hacer que mi piel se tornara piel de gallina, así que me envolví en la toalla.

Kane tomó su copa y la levantó. «Por Natalie y por nuestros primos, Miller, Mason y Max. Que sus vidas estén llenas de felicidad».

«Su vida va a estar llena de algo, eso es seguro», dijo Harris, moviendo las cejas.

«¿Orgasmos?», añadí, bebiendo un sorbo de champán.

Karter resopló y Kane se rio con una carcajada atronadora que hizo que los músculos de su abdomen se estremecieran. «Estoy seguro de que ella te ha contado algunas historias», dijo.

«Es posible».

Kane se acercó y extendió la mano para tocar un mechón húmedo de mi cabello. «¿Es eso lo que quieres?». A nuestro alrededor, todo el mundo pareció quedarse quieto, en un silencio rebosante de expectación.

«Sí», respondí con sencillez. No tenía sentido andarse con rodeos. No había razón para endulzarlo ni disfrazarlo de otra cosa. Quería orgasmos. Muchos.

«Bueno, entonces deberíamos ponernos manos a la obra, ¿no?». Kane dejó su copa vacía sobre la brillante encimera blanca y luego me levantó en brazos tan rápido que el champán me salpicó el pecho. «Toma su copa», le ordenó a su gemelo, y luego subió las escaleras llevándome hasta un dormitorio bellamente amueblado.

No podría haber deseado un escenario más perfecto. La madera oscura de mango de la cama resaltaba las sábanas blancas y frescas. La ventana daba directo al mar nocturno, negro y embravecido. Cuando me dejó en el suelo, cuatro hombres llenaron el espacio, increíblemente altos, anchos y fuertes, en total contraste con mis suaves curvas. Los dedos de Kane se deslizaron bajo la toalla, aflojándola y dejando que cayera al suelo. Karter se acercó por detrás y fue el primero en besar mi piel con su boca cálida y suave. Kane desabrochó el sujetador como un profesional, mientras su hermano me bajaba el fino encaje del tanga por las caderas.

Más de uno contuvo el aliento ante mi desnudez.

Bueno, estaba desnuda, excepto por la liga de boda de Natalie, que descansaba sobre mi muslo.

Kane se inclinó hacia mí, con sus ojos color plomo fijos en los míos hasta que nuestros labios estuvieron lo suficientemente cerca como para tocarse. Oh, Dios, el beso fue un dulce paraíso; labios suaves y lengua arrebatadora, profunda y luego provocadora. A mi alrededor, los labios de sus hermanos buscaban mi piel, besándola, saboreándola y chupándola. Ojalá hubiese podido observarlos desde la perspectiva de un espectador y absorberlo todo, pero no podía hacerlo. En medio de cuatro hombres, era difícil saber hacia dónde mirar. Resultaba más fácil cerrar los ojos y dejar que me devoraran. Era más erótico estar en la oscuridad, anticipando la siguiente caricia y el siguiente beso.

Pero no pude anticipar lo que sucedería a continuación. Las manos de Kane me agarraron el culo y me levantaron, obligándome a rodearle la cintura con las piernas. Estaba tumbada boca arriba en la cama, con sus gruesos antebrazos tatuados a ambos lados de mí. «Nos tienes donde quieres», murmuró contra mi mejilla, mientras sus hermanos también se subían al colchón. Entre mis piernas, la enorme polla de Kane descansaba cerca y pesada. Gemí, solo con pensar en él empujando dentro de mí, lo que me hizo sentir fuego por todo el cuerpo. Pero no solo pensaban él, también en hermanos.

Cuatro hombres.

Cuatro hombres realmente deseables esperando para complacerme.

Parpadeé, preguntándome por un momento si estaba soñando y esperando que desaparecieran. Cuando no lo hicieron, suspiré aliviada. No quería despertar de ese momento. Quería deslizarme entre ellos y no volver a salir nunca más. Quería tener mi momento de autoindulgencia. Quería saber qué se sentía experimentar tanto placer que mi cuerpo no lo pudiera soportar.

Alargué la mano entre nuestros cuerpos y encontré el pene rígido de Kane, cuyo calor me sorprendió. Maldita sea. Sin duda era el más grande que había tocado nunca, y al mirar a mi alrededor vi otros tres penes casi idénticos esperando mi atención. Otra chica podría sentirse abrumada, pero yo solo estaba empezando.

«Espera», dijo Kane, apartándose para que su pene quedara fuera de mi alcance. «Tú primero».

Antes de que tuviera oportunidad de objetar, Holden me abrió las piernas, mirando primero mi suave coño y luego hacia arriba, con una sonrisa en los labios. «¿Estás lista, nena?», preguntó.

«Me depilé muy bien para que lo disfrutes comiéndomelo», respondí, y todos los Banbury a mi alrededor se rieron.

La primera pasada de la lengua de Holden borró la sonrisa de mi rostro y la sustituyó por un grito ahogado con la boca abierta. Joder, era realmente bueno. Las ligeras caricias iniciales en mi clítoris se convirtieron en una exploración más profunda, lo que me hizo temblar y estremecer, arqueando la espalda y contoneando las caderas. Kane se aferró a uno de mis pechos y Karter al otro, chupando y mordiendo de una manera que activaba un interruptor entre mis piernas que no sabía que existía. Harris me besó larga y profundamente, tragándose los gemidos que sus hermanos arrancaban de mi cuerpo.

Siempre había creído que era un reto en la cama. Mis parejas anteriores habían tenido dificultades para llevarme al límite sin ayuda, pero Holden sabía cómo hacerlo. Me conocía más que yo misma. Había leído mi libro cuando yo ni siquiera creía haber abierto la primera página.

«Aaaah», gemí en la boca de Harris, tan cerca de correrme que casi me dolía. ¿Podría hacerlo? ¿De verdad iba a suceder? Oh... oh... Harris se apartó y me arriesgué a mirar hacia abajo, y eso fue todo lo que hizo falta. La visión de la lengua ágil de Holden, y Karter y Kane succionando mis pezones me llevó al límite y ya ni siquiera sabía cómo respirar. Mi corazón vibró con uno, dos o tres enormes latidos y mi cabeza se echó hacia atrás sobre mi cuello mientras cerraba los ojos con fuerza. Una oleada de placer ardiente me invadía y me hacía gemir y gemir, apretando mis muslos alrededor de la cabeza de Holden.

«Eso es», dijo Harris, apartándome el pelo de la frente y acariciándome la mejilla. «Eso es».

Y me dejé llevar por una suave nube blanca de placer, pensando que esto es todo. Y que nada volverá a ser igual.

5

El sol el me despertó, con un brillante destello que se abría paso a través de las puertas de cristal del balcón y se posaba sobre mi cara sobre la almohada. Me moví, abrí los ojos por un segundo y me topé con la cara de Kane junto a la mía. El corte en su ceja me recordó que era él y no su hermano. Me giré lentamente y noté la suave cabeza rizada de Harris detrás de mí.

Al asomarme por debajo de la sábana que nos cubría, me vi tan desnuda como el día en que nací, igual que Kane y Harris.

Dios mío. La erección matutina en la casa de los Banbury era increíblemente fantástica.

Un dolor agudo me golpeó en la sien, recordándome las consecuencias de mezclar bebidas. ¿Qué pasó anoche? Me venían recuerdos fugaces. La cara de Holden entre mis piernas, sus ojos fijos en los míos mientras su lengua trabajaba en mi clítoris. La boca de Kane sobre la mía, sus labios provocándome. Las manos de Harris y Karter apretando mis pechos, sus lenguas rodeando mis pezones, sus dientes mordisqueándolos con la presión perfecta para llevarme al límite.

Fue un orgasmo de primera categoría. Diez sobre diez. Estratosférico.

¿Y luego qué?

No recordaba nada después de eso, y con una repentina oleada de vergüenza, me di cuenta de que no pasó nada más. Debí quedarme dormida.

Me quedé dormida de verdad.

Avergonzada, me cubrí la cara con un brazo y me escondí en la oscuridad. Después de todo el coqueteo, los gemidos y los jadeos, de rogarles que me montaran, en esto había acabado. Debían estar muy enfadados.

¿O no?

Supuse que me habrían despertado hubiesen estado enfadados. Desde luego, no me habrían cubierto con tanta amabilidad ni habrían dormido a mi lado.

«Buenos días, preciosa», dijo Kane. Levanté el brazo y lo vi sonriéndome tontamente, con los ojos tan legañosos como los míos.

«Me quedé dormida», susurré.

«Parecías un ángel», dijo en voz baja.

«Pero tú...».

«Me quedé dormido a tu lado mientras roncabas». Se rio y yo le di un golpecito en su hombro grueso, redondo y tatuado.

«¡Yo no ronco!».

«Solo un poco», dijo Harris con voz ronca por el sueño. «Pero Kane pronto te ahogó». Mientras me reía, su mano se deslizó sobre mi estómago y me atrajo hacia el calor de su cuerpo, con su miembro duro como una roca descansando junto a la raja de mi culo. Mi coño se contrajo involuntariamente, más hambriento que nunca con la necesidad de ser llenado. «Estábamos todos destrozados», dijo, besándome el hombro. «Para ser sincero, creo que fue bueno que termináramos la noche donde lo hicimos. No creo

28

que ninguno de nosotros estuviera en condiciones de dar lo mejor de sí mismo».

«Habla por ti», dijo Kane, agarrando una almohada y lanzándosela a la cabeza, casi golpeándome también a mí. «Mi rendimiento siempre es de primera».

«Claro que sí». Pude notar cómo Harris ponía los ojos en blanco.

«Me alegro de poder compensarlo ahora», dije.

«No hay nada que compensar». Harris me dio un pellizco en el trasero. «Y, de todos modos, todos tenemos que estar en el *brunch* familiar a las once. Estoy seguro de que ya debe ser casi esa hora».

El *brunch*. Se me había olvidado. ¿Quién demonios organizaba un *brunch* a las once de la mañana el día después de una boda? Sin duda, una persona normal preferiría descansar en la cama con su marido en lugar de entretener a la familia, pero entonces recordé que Natalie se va a otro resort para pasar su luna de miel. Esta sería su última despedida. Acerqué mi muñeca a la cara y entrecerré los ojos para mirar la pequeña esfera. Son las diez y media, joder.

—Tenemos que levantarnos —gruñí, con una decepción tan evidente que Kane y Harris se rieron.

«Yo ya estoy despierto», dijo Kane, descubriendo su impresionante cuerpo y rodeando con la mano su enorme pene erecto. No sé qué intentaba hacer, pero tal vez buscaba provocarme una combustión espontánea. Juro que yo estaba a punto de arder por dentro.

«Quizá eso sea demasiada información en este momento», dijo Harris.

«Puedo sentir lo excitado que estás, Harris. Me estás pinchando en la espalda», dije, para gran diversión de Kane.

29

«En el culo», corrigió Harris, presionándome con más fuerza. Maldita sea, creo que estaban intentando torturarme hasta la muerte.

Muerte por placer. ¿Eso existe siquiera?

Creo que podría darse el caso.

«Hora de levantarse», señaló Karter desde la puerta.

«Lo sabemos», respondió Kane. Se acercó para darme un beso apasionado en los labios. «Tienes que decirle a Connie que deje de distraernos».

«Eh... más bien es al revés. No fui yo quien proporcionó un espectáculo visual para adultos». Fruncí el ceño. Kane me quitó la sábana de un tirón y silbó.

«Creo que esta imagen se me va a quedar grabada en la mente para siempre».

No me molesté en cubrirme porque estos hombres ya lo han visto todo. En cambio, me di la vuelta y le planteé a Harris un suave beso de buenos días mientras le revolvía sus rizos desordenados. «Es hora de hacer el paseo de la vergüenza», dije. «Ahora, ¿dónde está mi ropa?».

6

No sé cómo conseguimos volver a nuestras habitaciones en el hotel principal sin encontrarnos con nadie. Algunos empleados del hotel notaron nuestra ropa formal arrugada y sonrieron. Asumo que, trabajando en un lugar como este, debían de ver todo tipo de cosas, más escandalosas que nosotros.

Fuera de mi habitación, dudé mientras abría la cerradura. ¿Qué iba a decirles? ¿Gracias por lamerme y chuparme hasta dejarme en coma? ¿Podemos volver a vernos? ¿Quieren que les devuelva el favor?

«¿Nos vemos abajo?», preguntó Holden finalmente.

«Sí. Sería estupendo. Guárdame un sitio». Sonreí alegremente y ellos se quedaron a mi alrededor, bloqueando el pasillo, aparentemente tan inseguros como yo sobre qué hacer a continuación.

«Y después, ¿te gustaría ir a la playa?», preguntó Karter, metiendo la mano en el bolsillo como si quisiera parecer indiferente. Pasar el rato con estos hombres en la playa sería como el paraíso y una tortura a la vez, todo en uno. La playa es pública, y lo que tenía en mente solo se podía hacer en privado. Bueno, si no me arrestaban, claro. Había oído que la policía tailandesa no ve con buenos ojos las muestras públicas de afecto de ese nivel.

31

«Me encantaría hacerlo. Voy a ponerme el bañador debajo del vestido y llevaré mi bolsa de playa».

«Genial». Todos sonrieron y, antes de que pudiera alejarme, Karter me dio un dulce beso en los labios, seguido por cada uno de sus hermanos. Vaya. Cada beso hacía que mi corazón latiera más rápido, hasta que estaba a punto de desmayarme por las palpitaciones.

«Nos vemos allí», dijo Holden, tocándome la cara antes de marcharse.

Me derretía.

No era de extrañar que Natalie estuviera en un estado perpetuo de alegría y satisfacción. Los hombres son competitivos y tener a más de uno en una relación parecía inspirarlos a todos a esforzarse por complacerla. Creo que esa parte será la que más voy a disfrutar.

Me metí directamente en la ducha, me lavé el cabello revuelto y me aseguré de estar fresca como una rosa. Encontré un pequeño chupetón en forma de corazón en la parte interior de mi muslo, lo que me hizo sonreír. Al tocarlo, recordé la presión de los labios de Holden allí y la forma en la que me inhaló antes de acomodarse para darme placer. Entre mis piernas, mi clítoris todavía se sentía un poco sensible, pero cuando lo toqué, lo único que quise fue más. Parecía que tendría que esperar.

Encontré mi bikini amarillo favorito y un bonito vestido blanco sin mangas que me vendrá bien para el *brunch* y la playa. Mi bolsa de playa ya estaba preparada con un libro y crema solar. Tomé una toalla de playa limpia y metí mi teléfono y dinero en una bolsa de plástico transparente con cremallera. Unas sandalias blancas completaban el look.

No suelo maquillarme para ir a la playa, pero para el *brunch* decidí que debí esforzarme un poco. Algo de corrector y rímel resistente al agua le daban frescura a mi rostro, y un poco de crema color rosa en los labios y las mejillas me hacían sentirme hermosa. Dejé que mi cabello se secara naturalmente porque, hiciera lo que hiciera, siempre queda lacio.

Llegué diez minutos tarde luego de bajar en el ascensor y cruzar al restaurante de la playa. La mesa ya estaba ocupada con Natalie y sus maridos, su madre, Sandra y su padrastro, Conrad (su padrastro también es su suegro), su tía Sally y el tío Blake de los niños, que es el padre de los niños con los que dormí anoche. Ah, y Kane, Karter, Holden y Harris que me habían guardado el último asiento, justo en medio de todos ellos. Perfecto.

Mis ojos se encontraron con los de Natalie y ella levantó las cejas con curiosidad. Ojalá pudiera comunicarle telepáticamente lo que estaba deseando saber. Le contaría todos los detalles porque es mucho más divertido compartir las cosas con tu mejor amiga. Me daría un puñetazo en el hombro por quedarme dormida en el trabajo, pero gritaría de emoción al pensar en que fuéramos juntas a la playa y en lo que podría pasar después. Lo sé porque es exactamente lo que yo sentía respecto a lo que estaba pasando.

Me senté junto a Karter y Harris, y dejé mi bolso a mis pies. «Gracias por guardarme el sitio», dije.

«Tienes suerte de que lo hayamos hecho. La tía de Natalie estaba lista para abalanzarse. Creo que le ha echado el ojo a Harris», dijo Karter riendo.

«¿Por qué yo?», preguntó Harris.

«Creo que es por tus angelicales rizos», dijo Karter en tono burlón. Harris se tocó los rizos, pensativo.

«Yo no diría que son angelicales. Más bien fáciles de cuidar. No podría soportar tener que afeitarme la cabeza cada cierto tiempo como Holden».

«Le gusta parecer el matón de la familia».

«¿Quién es un matón?», preguntó Holden.

33

El sonido del metal contra el cristal atrajo la atención de todos cuando Max golpeó su cuchillo contra la copa de champán. «Antes de comer, solo quería darles las gracias a todos por venir hoy. Sospecho que hay algunas resacas que curar». Miró significativamente hacia nuestro extremo de la mesa y yo me encogí de hombros como si no tuviera ni idea de a quién se refiere, aunque lo único en lo que pensaba en ese instante era en clavarme el dedo con fuerza en la cuenca del ojo para detener el dolor punzante.

«No podríamos estar más agradecidos a todos nuestros amigos y familiares que han hecho un largo viaje hasta este exótico paraíso para ayudarnos a celebrar nuestro matrimonio. Y ahora les dejamos en paz para disfrutar de nuestra luna de miel». Max se rio y se oyó una ronda de abucheos bonachones por su inminente abandono. «Pero sabemos que lo pasaran genial aquí. Esperamos que disfruten del resto de sus vacaciones y que los veamos pronto a todos en casa». Max levantó su copa. «Por Natalie, nuestra preciosa esposa, que lo ha organizado casi todo. Gracias por hacernos los hombres más felices del mundo».

Todos brindaron alzando sus copas, y después de beber, Conrad carraspeó. «Soy el hombre más feliz». Tomó la mano de la madre de Natalie y la besó efusivamente.

«Uf, qué asco», dijo Mason, frunciendo el ceño. La madre de Natalie se sonrojó, pero se notaba que le encantaba ser el centro de atención.

«¿Siempre son así?», susurró Harris.

«Más o menos», respondí.

El *brunch* parecía pasar volando, y entre todos mantuvimos una conversación educada que giraba principalmente en torno a los viajes. La tía de Natalie, Sally, había viajado con mochila por el sudeste asiático y tenía un millón de historias que contar. La historia en la que salió corriendo del baño de un restaurante con las bragas por los tobillos porque un milpiés negro gigante

34

se había colado junto a ella en una repisa, hizo que Karter se atragantara. No sé si fue por el milpiés o por la imagen de las bragas de Sally. Me propuse preguntárselo más tarde.

Mientras los camareros recogían los platos, Natalie llamó mi atención con un gesto y señaló en dirección al baño de mujeres. Asentí con la cabeza y me limpié la cara con la servilleta antes de levantarme de la silla. «Vuelvo en un minuto», le dije a Harris, que asintió también.

Caminé hombro con hombro junto a Natalie, que se reía emocionada a pesar de no decirnos nada hasta que estuvimos a salvo en los lujosos baños. «Dios mío. Cuéntame. Cuéntamelo todo», gritó Natalie, abrazándome frenéticamente.

«¿No debería ser yo quien te dijera eso?», me reí. «Al fin y al cabo, era tu luna de miel».

«Te contaré lo mío si tú me cuentas lo tuyo», dijo, apartándose a un lado cuando una turista quemada por el sol salió de un cubículo para lavarse las manos.

Miré significativamente a la interrupción y Natalie asintió con la cabeza, esperando a que se fuera para continuar con su interrogatorio. Finalmente, nos quedamos solas.

«Dios mío. Yo... ellos...». Me trabé con las palabras, sin saber muy bien por dónde empezar.

«¿Ha pasado?», preguntó Natalie llevándose las manos a la cara para ocultar una amplia sonrisa.

«Más o menos. Me hicieron el mejor sexo oral y luego hice lo imperdonable y caí en un coma orgásmico».

Mi mejor amiga se partió de risa, agarrándose el estómago como si le doliera. «Eso es muy típico de los hombres», dijo, y luego me dio un puñetazo en el hombro, tal y como imaginaba que haría.

«Lo sé, y estoy mortificada. Pero no lo suficiente como para no esperar a que volvamos a ese lugar».

«Lo harás. Prácticamente arrastraron a Sally hasta otro asiento para poder guardarte el que estás ocupando, y noté cómo te miraban anoche».

«¿De verdad?».

«¿Tú no? Parecían niños de seis años en la mañana de Navidad». Saltó un poco sobre sus pies, como siempre hacía cuando estaba emocionada.

«Vamos a ir juntos a la playa».

«Vas a follártelos a todos», dijo ella.

«Creo que nunca he deseado nada tanto en toda mi maldita vida. Ni siquiera la casa de muñecas rosa con el descapotable a juego que les pedí a mis padres cuando tenía siete años».

Natalie aplaudió. «Esto es perfecto. No seré la única en una relación rara. De hecho, tú tendrás cuatro maridos y yo seré aburrida en comparación».

«Maridos. Eh, espera. Estoy hablando de una aventura de vacaciones, no de matrimonio». En cuanto pronuncié esas palabras, Natalie pareció desanimarse y dejó caer los brazos a los lados.

«¿No te gustan?».

«No los conozco, Nat. Bueno, un poco sí. Lo suficiente como para confiar en que van a revolucionar mi vida de una forma obscena pero respetable. Pero no lo suficiente como para querer nada más. Y, de todos modos, aunque quisiera, viven demasiado lejos».

«Podrías mudarte. Ellos podrían mudarse. Todos podrían mudarse», dijo Natalie con esperanza.

«Ni siquiera lo estoy pensando, cariño. Y estoy bastante segura de que ellos tampoco. Estamos lejos de la rutina de

36

nuestra vida cotidiana en este lugar increíblemente perfecto. Solo estamos aquí para disfrutarlo al máximo. ¡Bueno, al menos yo sí! Y espero que piensen que darme más orgasmos sea una buena forma de pasar el resto de sus vacaciones. Después de eso, todos volveremos a nuestras rutinas y será como si nunca hubiera pasado». Mi dedo se topó con una uña encarnada que comencé a mordisquear mientras Natalie inclinaba la cabeza hacia un lado y me observaba con atención.

«Tengo la sensación de que las cosas podrían salir muy diferentes de lo que piensas», dijo ella. «Y solo lo digo por experiencia propia. Los Banbury tienen un encanto que me ha conquistado».

«No llegaron de pronto», me reí. «Sus encantos te pincharon por todos los agujeros hasta que perdiste la cabeza».

«Y eso es lo que te va a pasar a ti, amiga mía», dijo. «Simplemente disfruta y sigue tu corazón. No siempre es fácil, pero vale la pena».

Se me hizo un nudo en la garganta al oír sus palabras y, por primera vez, sentí la punzada de perder a mi amiga. Sé que seguirá estando ahí para mí. No dudaba de su devoción por nuestra amistad, pero la compartiré con otras tres personas. Su vida será mucho más plena que la mía.

«Tengo noticias», dijo de repente. «Tengo que contártelo ahora porque tenemos que volver. Nuestro taxi llegará pronto».

«¿Qué pasa?».

Natalie se llevó la mano al vientre y supe lo que iba a decir antes de que lo dijera. «Estoy embarazada».

«Dios mío». La agarré y la abracé con fuerza, casi abrumada por un recuerdo fugaz de nosotras sentadas en el césped de la escuela, hablando de cuántos hijos queríamos tener. ¿Dónde quedaron aquellas niñas? Sin duda crecieron rápido, y aquí está

Natalie, viviendo sus sueños en todos los aspectos que realmente importan. «Me alegro mucho por ti».

«Son gemelos», dijo. «Se lo conté a los chicos anoche... fue mi regalo de noche de bodas para ellos».

«¿Cómo reaccionaron?».

«Bueno, pasaron de abrazos felices y abrumados a sexo muy apasionado».

«Seguro que sí». Nos quedamos un momento de pie, sonriéndonos la una a la otra. Las cosas estaban cambiando rápidamente para mi mejor amiga, pero no era momento para preocuparme por quedarme atrás. Esos pensamientos son para cuando no llevara puesto un bikini color sol a punto de nadar en un agua tan turquesa que casi ciega.

«De hecho, ahora necesito ir al baño», dije riendo.

«Yo también», añadió Natalie. «¡Demasiados vasos de bebida de naranja!».

«¿Entonces no estabas borracha anoche cuando me empujaste a los brazos de Kane?».

«Por supuesto que no», dijo Natalie, entrando en el baño como si estuviera desfilando por una pasarela. «Eso, querida, fue mi regalo para ti. Espero que lo disfrutes».

«Oh, eso pienso hacer», respondí. «Pero muchas gracias de antemano por todo».

7

Después de desearles a Natalie, Mason, Max y Miller una luna de miel perfecta, mis chicos se quedaron charlando con su padre, Blake. Él casi se invita a sí mismo a la playa, pero de alguna manera lograron convencerlo de que pasara un rato con su hermano, Conrad.

«Rápido», susurró Holden. «Vámonos de aquí». Tomó mi bolso del suelo y me lo lanzó, agarrándome del codo y prácticamente arrastrándome fuera del restaurante. Sus hermanos nos siguieron, riéndose. Holden debía conocer un atajo para llegar a la playa, porque en un momento estábamos en un camino del hotel sombreado por plantas que colgaban de pérgolas de madera y, al momento siguiente, mis pies pisaron la arena blanca y caliente.

«Este lugar es muy bonito», dijo Karter. «Mira el océano».

Seguí su mirada y me fijé en las olas más tranquilas y brillantes que rompían en la orilla. Era una imagen que solo había visto en la portada de un folleto de vacaciones, y siempre había imaginado que esas fotos tenían colores mejorados. No me extrañó que a Natalie le gustara tanto este lugar.

«Hay algunas tumbonas libres allí», indicó Harris, señalando hacia la playa. Había cuatro tumbonas y dos sombrillas, lo cual no era suficiente, pero serviría. No me importaba sentarme en el borde de una tumbona o, mejor aún, tumbarme en la orilla con el mar acariciándome los pies. Siempre había querido hacer eso en un lugar más emocionante que Florida.

Sin embargo, los chicos fueron más considerados e insistieron en que echara en una tumbona, mientras Kane y Karter compartían otra. En un segundo, los gemelos se estaban desnudando y corriendo hacia el mar, dejando tras de sí una estela de espuma blanca.

«Pónganse protector solar», les gritó Holden. «En serio, ¿siempre tengo que hacer de madre con estos chicos?».

Harris negó con la cabeza mientras arreglaba su brillante toalla de playa color naranja. «Eso es lo que conlleva ser mayor».

Nunca antes había pensado en cuál de los gemelos Banbury era el mayor. «¿Quién es el mayor de los dos?».

«Holden», respondió Harris. «¿No lo ves? Él tiene que llevar la voz cantante».

«Alguien tiene que guiarlos a ustedes, los rebeldes, por el buen camino».

«Sí, bueno, ya somos todos mayores». Harris comenzó a ponerse protector solar sobre los hombros y el pecho, pero se olvidó de la espalda.

«Puedo hacerlo yo», le dije.

Harris me entregó el bote y yo me eché un poco en la palma de la mano para restregarlo por su amplia y musculosa espalda. Con cada pasada, una descarga eléctrica recorría desde mi palma hasta mi cerebro y luego se iba hacia mi entrepierna. A medida que bajaba hacia la parte inferior de su espalda, sentía el loco impulso de besarle entre los omóplatos. Aunque me pareció un detalle íntimo el deslizar los dedos por debajo de la cintura de su bañador, lo hice. No había nada peor que quemarse por los bordes de los bañadores, que a menudo se descuidan. Harris se estremeció bajo mis dedos y bajó la

40

cabeza, como si las sensaciones le hubieran recorrido la columna vertebral.

«Tienes que parar ahora», dijo con voz ronca, girándose y tomando mi mano. Se la llevó a los labios y la besó suavemente, como si fuéramos personajes de Jane Eyre.

«¿Y si no quiero?», dije, sosteniendo su mirada cristalina.

Harris se volvió hacia Holden. «Recuérdame por qué estamos ahora mismo en la playa y no en algún lugar privado con esta hermosa mujer».

Holden se pasó la mano por el cabello, muy corto, y frunció el ceño. Negó con la cabeza y murmuró: «No tengo ni puta idea».

«Es culpa de Karter. Míralo». Harris señaló con la cabeza el lugar donde su hermano estaba nadando en las profundidades. «Siempre había sido como un pez. Odiaba las piscinas y le encantaba el mar abierto».

«Creo que es bonito que quisiera que saliéramos hoy. Tengo la sensación de que pensaba que así tendría la oportunidad de conocerlos mejor a todos».

«Probablemente. Karter parece leer el corazón de las personas. Siempre sabe cuándo algo va mal. La mayoría de las veces, Holden y yo no tenemos ni idea».

«No es que no tengamos ni idea. Es que somos sensatos. La gente debería ser sincera con lo que siente. ¿Qué sentido tiene ocultar cosas y luego culpar a los demás cuando no pueden leerte la mente?».

«Exacto». Harris me sonrió. «De todos modos, ahora estamos aquí. Es hora de devolver el favor». Me tendió la botella que tenía en la mano.

Me deslicé los tirantes del vestido por los hombros y lo dejé caer sobre la arena. Harris recorrió mi cuerpo con la mirada y asintió con la cabeza en señal de aprobación. Me giré y aparté mi cabello hacia un lado para que pudiera acceder a mi espalda. Esperé a que echara un poco de protector solar en su mano, pero en lugar de eso, se acercó y pasó la punta de un solo dedo por la curva de mi hombro, provocándome un escalofrío. Se estaba vengando. «¿Seguro que no necesitas que te ponga protector en la parte de adelante? Sabes que aquí puedes estar en topless». Su dedo recorrió la bola de mi hombro y la curva de mi pecho.

«¿Te gustaría eso?», susurré.

«Me encantaría», dijo, «si no hubiera nadie más alrededor, pero la idea de que alguien más vea tus bonitos pezones me da ganas de golpear cosas».

«¿Excepto tus hermanos?». Incliné la cabeza hacia un lado, divertida por la contradicción entre sus palabras y sus acciones.

«Mis hermanos son como mi propia carne», dijo Harris. «Verlos tomar y dar placer es como ver una extensión de mí mismo».

«Yo soy una extensión tuya», dijo Holden, que observaba todo con una sonrisa divertida en el rostro. «O más bien, tú eres una extensión mía».

«¿Cómo se te ocurrió eso?», preguntó Harris.

«Yo nací primero, por lo tanto, yo existí primero».

«Eso demuestra lo poco que sabes de biología. Cuando el embrión se dividió, ambos llegamos a existir en el mismo momento», dijo Harris. «Quizás te dormiste en esa clase».

Holden puso los ojos en blanco y se dejó caer en la tumbona. «¿Vas a ponerle protector solar a Connie o tengo que hacerlo todo yo?».

«Oh, voy a ponérselo yo. Ahora y más tarde».

Resoplé mientras me deslizaba los tirantes del bikini por los hombros. Quería que me pusiera el protector solar lo mejor posible para que no hubiese riesgo de que me quemara.

42

Además, la forma en que Holden miraba mis pechos, que casi se salían del bikini, me daba ganas de reír. Quizás tendría que haber hecho topless solo para torturarlos. No era algo que hubiese hecho antes, pero no tampoco era algo que me diera vergüenza intentar.

Para ser sincera, tal y como estaban hechos estos chicos, sus pectorales redondeados probablemente fuesen más grandes que mis pequeños pechos. Aunque por lo que dijo Harris, ellos no lo veían así.

¿Era raro que me gustara que fuese territorial con mi cuerpo? Debería ser más feminista al respecto. Al fin y al cabo, mi cuerpo no le pertenece a nadie más que a mí. Yo debería ser la única que pudiera decidir qué era bueno para él y qué no. Aun así, no podía evitar que a la parte pequeña y anticuada de mí le gustara la vena celosa y alfa de Harris.

Harris aplicó el protector solar con cuidado y delicadeza, deslizando los dedos por debajo de la correa que rodeaba mis costillas y bajo la banda de tela que cubría mi trasero. Todo el tiempo, mis ojos estuvieron fijos en Holden, que se frotaba la mano por el pecho, como si estuviera imaginando cómo se sentía el tacto de su hermano sobre mi piel. Su bañador azul no ocultaba mucho el enorme pene que tenía entre las piernas, haciéndome relamer mis propios labios por su recuerdo y por las ganas que tenía de probarlo.

Mierda.

Aquel día iba a ser una tortura.

Aunque me hubiese encantado que Harris me untara loción por todo el cuerpo, tuve que terminar yo misma el trabajo. Cuando finalicé, miré hacia el mar. «¿Listos para nadar?».

«Tengo que hacer una llamada, pero enseguida voy», dijo Holden.

«Iré contigo». Harris me tomó de la mano y caminamos hasta la orilla, vacilantes, mientras las frescas olas nos bañaban los pies. El agua era tan clara que se veían peces diminutos en las zonas poco profundas. «Parecen de esos peces a los que les gusta mordisquear», señaló Harris con cautela.

«Entonces mejor mantén tu pene dentro de tus pantalones cortos. Vamos». Arrastré a Harris, que se reía, al agua y encontré a Kane flotando boca arriba. Tenía los ojos cerrados y era una oportunidad demasiado buena para dejarla pasar. Tomé un puñado de agua y se lo eché en la cara. Él escupió, luego se hundió bajo el agua y emergió frotándose las manos por la cara para quitarse el agua de los ojos.

«Ya la has hecho buena». Harris retrocedió mientras Kane se dirigió directamente hacia mí, con sus ojos grises llenos de sed de venganza.

«¡Espero que estés lista para un chapuzón!», dijo con los brazos extendidos. Empecé a correr, mi cuerpo se movía dolorosamente lento por la resistencia del agua, pero él era más rápido y más fuerte y me rodeó con sus brazos antes de que tuviera la más mínima esperanza de escapar.

«¡Noooo!...», chillé, tratando de liberarme del abrazo de Kane, pero estaba demasiado débil por la risa como para lograr nada más que unos patéticos movimientos.

«¿Así que te gusta dar, pero no te gusta recibir?».

«Estaba vengándome», grité. «Estamos en paz».

Kane me soltó, me hizo girar entre sus brazos y me atrajo hacia su pecho. «Así está mejor». Me dio un beso en los labios y yo lo miré sorprendida sin entender por qué no había querido vengarse. «Se me ocurre algo mejor para hacer contigo en vez de empaparte». Me levantó en brazos y me llevó hasta un punto donde el agua le llegaba al cuello. Harris nos siguió. No había forma en la que yo pudiera estar tan lejos de la orilla, pero no me preocupaba. Entre estos dos hombres fornidos, estaba más que segura.

«¿Qué tenías en mente?».

«Esto». Me tomó la mano y la metió bajo el agua, acomodándola dentro de su bañador hasta que mi palma sintió el calor de su miembro duro. Un suspiro salió de mi boca y mis ojos se cerraron mientras él se movía entre mis dedos. «Haz lo mismo con Harris», dijo con voz ronca, sosteniéndome en el agua para que pudiera girar entre ellos. Harris hizo lo mismo que su hermano, llevándome directamente a donde me quería tener. Bajo el agua fría y casi transparente, mis palmas estaban calientes y trabajando, obligadas a moverse con tirones duros y fuertes que deberían ser dolorosos, pero que obviamente son placenteros. Kane gimió primero, cerrando los párpados. «Joder, qué bien se siente».

«Es jodidamente increíble», gruñó Harris. Su mano se deslizó entre mis piernas, apartando el fino trozo de tela que las cubría y separando mis labios. «Tócala», le ordenó Harris a Kane.

Los dedos de Kane encontraron mi coño abierto, estimularon mi clítoris y se deslizaron entre mis labios y dentro de mí. Se sentían tan grandes y gruesos, pero no eran nada comparados con el tamaño de su peno o el de su hermano.

«Mmmm...», gimió Harris, mientras sus caderas comenzaban a moverse hacia adelante y hacia atrás. «¿Por qué coño no estamos en la suite VIP, destrozando este coño?».

«Porque nada tan bueno debería precipitarse», dijo Kane. Su pulgar rozó mi clítoris mientras se inclinó para besarme larga y profundamente, haciendo que mi coño se contraiga con la sensación.

«Te deseo», le susurré al oído.

«Aquí no podemos», dijo, bombeando dentro y fuera mientras una sonrisa maliciosa se dibuja en sus labios. «Pero creo que acabo de vengarme». Retiró los dedos y liberó mi mano de su pene. «Las cosas buenas llegan a las chicas

45

pacientes», dijo, y luego desapareció bajo el agua, nadando hacia las profundidades, donde su gemelo estaba flotando.

«¿Qué coño?», dije, con un dolor tan intenso entre las piernas que tuve que apretarlas con fuerza.

Harris, que seguía sosteniéndome en el agua, se rio larga y profundamente.

«Te acostumbrarás a Kane. Es un buen tipo, pero tiene un sentido del humor perverso».

«¿A eso le llamas humor?».

«A mí me ha hecho reír».

«Dos pueden jugar a ese juego». Guardé en mi mente la idea de que jugaría con Kane a su propio juego cuando finalmente lo tenga entre mis manos.

8

Llevé a Harris tan cerca del orgasmo que se le enrojecieron las mejillas y sus brazos, que me sostenían en el agua profunda comenzaron a temblar. «Joder», murmuró.

«Si estuviéramos en el hotel, podríamos continuar», susurré. «Ahora mismo estaríamos en la cama y podrías meter este pene caliente, pesado y grueso dentro de mí».

«No», dijo con verdadero dolor en su voz.

«Sería tan agradable. Estrecho, húmedo y cálido como chocolate derretido».

«Mierda». Me agarró la muñeca con una mano, deteniendo bruscamente mis movimientos regulares.

«¿No quieres acabar?», le pregunté inocentemente.

Sus ojos azul pastel, con las pupilas muy dilatadas, se encontraron con los míos. «¿Los osos cagan en el bosque?».

Me reí maliciosamente. «Entonces, ¿por qué no me dejas terminar?».

«No me interesa alimentar a los peces. Cuando me acabe, voy a llenarte toda, no el océano». Me dedicó una sonrisa dolorida en la que deposité un beso.

«Promesas, promesas», me reí.

«De todos modos...». Me apartó el pelo de la cara con la mano, sin dejar de sujetarme con firmeza en el agua. «Quiero saber más sobre ti, Connie. Quiero decir, los besos y las caricias están muy bien, y eres divertidísima, pero quiero saber cosas».

«¿Cosas?».

«Sí, ya sabes, cosas aburridas como cómo te gusta el café y cuál es tu banda favorita».

Sonreí, encontrándolo tan encantador y divertido. Había un verdadero cambio de roles aquí que no pensé que ocurriría. Yo era quién buscaba diversión sin compromisos, y Harris buscaba conocer los detalles que podrían transformar esto en algo más.

Esta era mi alocada aventura vacacional, mi primer paso en suelo extranjero y una oportunidad para crear recuerdos que me mantuvieran caliente cuando volviera a casa por las noches. Las relaciones no deberían a entrar en juego.

«Bueno, me gusta el café solo y muy dulce».

«¿Qué tan dulce?».

«Tanto que la cucharilla se quede de pie en todo el azúcar».

Harris frunció la nariz. «Qué asco».

Me encogí de hombros. «¡Tú querías saberlo! Y mi banda favorita es The Civil Wars, aunque se separaron, así que ahora me tengo que conformar con escuchar un repertorio limitado de canciones».

«Mmmm...». Harris miró a sus hermanos, que nadaban hacia nosotros. «¿Hay algo más que quieras que sepa antes de follarte hasta dejarte sin sentido?».

«Solo que odio que me toquen los pies. En cualquier otro sitio, perfecto».

Él sonrió ampliamente y luego me dio un beso apasionado en los labios. «Qué dulce, Connie. Me gusta el café con crema, las bandas con garra y las mujeres con descaro, y tal vez, cuando te haya follado hasta dejarte sin sentido, puedas contarme más cosas sobre ti».

«Te propongo un trato», le dije. «Por cada orgasmo, te daré una pregunta para que me la hagas».

«Dos», dice Harris. «O no hay trato».

«¿En serio?».

«Estamos negociando», dijo, arqueando una ceja. «Si siempre consiguieras exactamente lo que quieres, la vida sería muy aburrida».

«¿Dos por el precio de uno?», me encogí de hombros. «Supongo que podría ser aceptable».

«¿Qué podría ser aceptable?», preguntó Karter, ahora tan cerca que podría tocar su precioso rostro.

«Connie nos dejará hacerle dos preguntas a cambio de un orgasmo».

«Me parece un trato muy bueno». Karter se acercó para apartarme de su hermano y yo le rodeé la cintura con las piernas, enganchando los tobillos detrás de él. «Pero ¿por qué tanto secretismo, Connie?».

«¿Por qué no? ¿No es bueno el misterio?». Para mí sí lo era, porque sabía que cuantos menos detalles personales compartiera, menos compartirán ellos conmigo. Mantener nuestro acuerdo en la superficie significaba que habría menos posibilidades de que desarrollemos sentimientos profundos y más posibilidades de que pudiera volver a casa con una gran sonrisa.

«El misterio puede ser algo maravilloso», dijo Kane.

«Entonces está decidido», dije yo.

«¿Qué está decidido?», preguntó Holden, que por fin había conseguido meterse en el mar.

«El acuerdo de preguntas por orgasmos», respondió Harris, lo que provocó una mirada de extrañeza por parte de su gemelo.

«Excepto que te olvidaste de una cosa», añadió Kane con un brillo en los ojos.

«¿Qué es?», pregunté intrigada.

«Somos muy buenos provocando orgasmos», respondió. «Y somos cuatro y tú solo una. Eso significa cuatro veces más energía y cuatro veces más atención. Creo que esta tarde nos vas a contar toda la historia de tu vida».

«Promesas, promesas».

«Creo que deberíamos empezar ahora mismo», sugirió Harris.

«Yo también», Holden se acercó y presionó sus labios contra mi cuello. «Recuerdo lo bien que sabes», dijo, poniendo su mano firmemente sobre mi trasero. Sus dedos me acariciaban bajo la tela de mi traje de baño, provocándome escalofríos. «Recuerdo lo suave que era tu coño contra mi lengua. Recuerdo cómo te estremecías cuando te llevé al orgasmo».

Cerré los ojos y me perdí en sus palabras. Bajo el agua, las manos de Holden me acariciaban los pechos, erizándome los pezones. Karter me animó a aflojar el agarre alrededor de su cintura, dejando algo de espacio entre su cuerpo y la parte superior de mis muslos. Su mano grande y áspera acariciaba el interior de mis muslos, y sus dedos encontraron mi clítoris a través de la fina tela de mi bañador.

«No podemos», dije con voz ronca, mirando a mi alrededor, consciente de que cuatro hombres se habían movido para rodearme de una manera que parece muy llamativa. No hay nadie más cerca de nosotros en el agua, pero esta playa es para los clientes del hotel, por lo que está lejos de estar desierta.

«Podemos», dijo Karter, acariciándome con lentos círculos que lograron que mis caderas se sacudieran.

«No podemos», repetí, pero ya me estaba echando hacia delante entre sus brazos, perdida en el movimiento de más manos que acariciaban mi cuerpo. Estos hombres se comportaban como un solo organismo. Todos centrados en mí, una criatura de ocho brazos con oscuras intenciones.

Y tenían razón, podían y lo hacían.

El dedo de Karter seguía acariciándome y los dedos de Holden me provocaban los pezones. Entre mis piernas, los dedos de alguien se introdujeron en mí y Kane se inclinó para besarme los labios. Cuando su lengua se metió dentro de mi boca, profunda y lentamente, me corrí con un gemido bajo y profundo. Oh, Dios. Mi coño se apretó con tanta fuerza contra los gruesos dedos que tenía adentro que quienquiera que sea quedó atrapado en un agarre firme como una tenaza.

«Eso es», dijo Holden. «Eso es».

Y tan repentinamente como se agolparon a mi alrededor, todos se alejaron excepto Karter, que me acariciaba la espalda con suavidad. «Te tengo», murmuró en mi cabello mientras me alejaba flotando hacia el éter. Mi mente se sumergió en un placer tan dulce como las fresas y la nata, y mis miembros se sintieron flojos y ligeros.

Finalmente, abrí los ojos y miré primero a Karter y luego a los demás al girar la cabeza. Holden, Harris y Kane seguían cerca y me devolvieron la sonrisa ante mi evidente aturdimiento.

Harris inclinó la cabeza hacia un lado y entrecerró los ojos mientras sonreía. «¿Lista para responder algunas preguntas, Connie, o tu cerebro todavía está aturdido por el primer orgasmo?».

«El segundo orgasmo», le recordó Holden a su gemelo.

Harris negó con la cabeza. —El primero no cuenta. No formaba parte del trato.

«¿Qué quieren preguntarme?». No debía sentirme inquieta ante la perspectiva de su interrogatorio, pero lo estaba.

«¿Qué tal esta...?» Harris fue interrumpido por la mano de Holden, que se levantó rápidamente.

«Oye... ¿por qué decides tú la pregunta?».

«Porque yo inventé el juego», dijo Harris con impaciencia. «Y fueron mis dedos los que la hicieron correrse».

«Eh... No lo creo», dijo Karter. «Sin mi dedo en su clítoris, no habría llegado al orgasmo así».

«Fue un esfuerzo en equipo», dijo Kane.

Holden asintió a su gemelo. «Sin duda, un esfuerzo en equipo».

«Vale, vale... ¿qué demonios quieren hacer? ¿Consultar las preguntas? Chicos, le están quitando toda la diversión a este proceso», resopló Harris.

«Quizás no deliberar, pero definitivamente deberíamos hacer preguntas por turnos».

«Por Dios». Negué con la cabeza, la velocidad de su conversación me dejaba aturdida por el orgasmo. «En un minuto, se les acabará el tiempo».

«No hay límite de tiempo», dijo Harris.

«Eh... sí lo hay». Asentí y levanté las cejas para parecer arrepentida. «¿Crees que puedes inventarte todas las reglas?».

«Buen punto», señaló Kane.

«Vale... ¿cuál es tu fantasía sexual más atrevida?», soltó Harris.

«Mierda», dijo Holden, sacudiendo la cabeza. «Esa es buena».

Le di un golpecito en el hombro a Harris. «Me dijiste que querías hacerme preguntas para conocerme mejor, pero en realidad lo único que te interesa es el sexo».

«Vamos a dejar claras las cosas importantes. Ya sé cómo prepararte el café por la mañana y qué música poner después de follar. Ahora quiero saber cómo dejarte tan alucinado que ningún otro hombre pueda siquiera acercarse».

«Vale», me reí. «Tienes razón en algunas cosas. Es esto...». Hice un gesto con las manos para indicarlo todo. «Estar con ustedes, chicos».

«No es suficiente», dijo Harris. «Sé que hay más».

«¿Más?». Mi mente divagó a través de fantasías que nunca había revelado. Fantasías que me hacían arder la piel.

«¿Ven? Se está sonrojando». Harris señaló mis mejillas enrojecidas con aire triunfal.

«Nunca pensé que vería el día en que Connie se sonrojara», dijo Kane.

«¿Qué pasa por esa bonita cabeza tuya?», preguntó Holden.

«Cosas sucias, eso es lo que hay», señaló Karter.

«Eh». Levanté la mano para impedir que continúen con esa confusa y rápida discusión. «Se me ha ocurrido una nueva regla para este juego».

Holden frunció el ceño y se frotó la barbilla sin afeitar. «No se pueden añadir nuevas reglas una vez que ha comenzado el juego».

«¿Quién lo dice? Este juego se ha inventado hace solo cinco minutos. Creo que aún hay tiempo para hacer algunas modificaciones en su desarrollo».

«Vale... No digo que la regla vaya a ser aceptada, pero ¿cuál es?», dijo Holden.

«Quiero poder vetar al menos una pregunta al día».

«No al veto», dijo Harris. «Pero permitiremos un aplazamiento. Quizás necesites pensar en una respuesta con más detalle».

«Has cedido demasiado rápido», dijo Holden. «Eres pésimo negociando».

«Ganar una negociación no consiste solo en conseguir lo que quieres. Se trata de alcanzar un resultado aceptable para ambas partes. ¿Nadie te enseñó eso? ¿O te perdiste esa lección?».

Holden resopló. «De acuerdo. Se permitirá un aplazamiento al día. ¿Estás diciendo que quieres aplazar esta pregunta?».

«Sí», respondí rápidamente. «Habrá un momento mejor, más tarde, para revelar la respuesta». No me imaginaba diciéndoles lo que realmente pensaba cuando estaba sola, pero tal vez, con unas cuantas copas encima, cuando estuviéramos todos desnudos, no me diera tanto miedo.

«De acuerdo. Aplazada, pero tienes que responder antes de medianoche». Holden parece triunfante al pensar en una forma de añadir otra regla al juego. «¿Quién hace la siguiente pregunta?».

«Yo», dijo Kane. «Quiero saber por qué rompiste con tu último novio».

No me costó mucho responder, pero no era algo que hubiera revelado si hubiera tenido otra opción. Por supuesto, todavía tenía otra opción. Podía elegir ser una bandida y decir que no quería seguir jugando, pero no lo iba a hacer. «Me hacía sentir mal conmigo misma. Me reía demasiado fuerte. Mi peinado no era lo suficientemente femenino. No vestía lo suficientemente sexy. La forma en que preparaba el café era

54

ridícula». Añadí el último punto porque quería que Harris se diera cuenta de que incluso bromear sobre algo puede tocar una fibra sensible que quizá no esperas en otra persona.

Él cerró los ojos lentamente, dándose cuenta de que me refería a algo que él acababa de hacer, y captó el mensaje tal y como yo pretendía. «Parece un idiota», dijo Kane.

«Creció en una familia en la que todo era siempre negativo. Todo era una competición. Todo era una batalla. En realidad, él hacía lo que veía a su alrededor, y nadie más le había llamado la atención por su comportamiento. Me dijo que lo sentía, pero yo sabía que no iba a ser capaz de cambiar. No se pueden enseñar trucos nuevos a perros viejos. Algunas cosas están demasiado arraigadas».

«Eso es muy cierto», dijo Karter.

«Vale... Este juego empieza a gustarme», dijo Holden, acercándose. «Es hora de ganar otras dos preguntas».

Extendí las manos para advertirle que no lo hiciera. «Ni hablar», dije. En ese momento, me di cuenta de que estos chicos tenían un carácter competitivo que quizá fuera demasiado para mí.

9

Pude convencer a los chicos de que otro orgasmo público en el océano era demasiado para mí, y, al salir del mar, nos echamos en las tumbonas para secarnos. «Esta playa es el lugar más bonito que he visto nunca», dijo Karter.

Tenía razón. Realmente lo era.

Un tailandés, vestido con pantalones de algodón de pescador y una camisa holgada de lino, arrastraba su carrito por la orilla del mar, gritando «piña» en muchos idiomas diferentes. Su piel estaba muy arrugada por los años de exposición al sol y su carrito iba cargado de pequeñas piñas.

Le hice señas para que se acercara y busqué en mi bolso la moneda desconocida. «¿Quieren algunas?».

Holden parecía indeciso, pero Karter rebuscó en su bolso en busca de dinero. «Yo lo pago», dijo, levantando la mano para indicar cinco porciones.

Observé fascinada cómo el hombre pelaba la piña, cortándola en círculos para eliminar las puntas negras y profundas. Con brochetas de madera, nos entregó a cada uno un palito con piña en forma de polo. Sonrió cuando exclamé por lo delicioso que estaba. Era la piña más dulce que había comido nunca. Karter pagó una cantidad ridículamente pequeña, mientras Holden devoraba la fruta con deleite.

«Esto es más saludable que la mierda que solemos comer en la playa». Karter sacó una enorme bolsa de patatas fritas de su mochila negra.

«¿Cuánto tiempo piensas posponer la respuesta a mi pregunta?», me preguntó Harris mientras le daba un enorme mordisco a su aperitivo. «Creo que voy a añadir otra regla... tienes que responder a la pregunta antes de tu próximo orgasmo».

«¡No vas a añadir esa regla!», señaló Holden. «De ninguna manera esta mierda de preguntas y respuestas va a ser responsable de retrasar los orgasmos de nadie».

«Negar el orgasmo puede ser divertido», dijo Kane con un brillo malicioso en los ojos.

«Lo recordaré para más adelante». Arqueé una ceja y sus hermanos se rieron.

«Parece que vas a ser el último en correrte», se rio Karter.

Su gemelo levantó los brazos hasta que sus manos quedaron detrás de su cabeza. «¿No has oído el dicho: "Las mejores cosas llegan a quienes saben esperar"?».

«Nunca pensé que vería el día en que Kane se pusiera filosófico sobre correrse».

«Uf». Negué con la cabeza, arrugando la nariz y lanzándole a Karter una mirada de disgusto. «Esa es una expresión asquerosa. Sigue hablando así y no te correrás cerca de mí».

«No pasa nada... él es bastante bueno corriéndose solo», anunció Kane guiñando un ojo.

«¿Podemos hablar menos de nuestros hábitos masturbatorios delante de Connie, por favor?», pidió Holden.

Desde que Harris había propuesto el juego de preguntas, me inquietaba la posibilidad de que ellos también quisieran que yo les hiciera preguntas. Quizá hubiera algunas preguntas que pudiera hacerles para que el ambiente siguiera siendo ligero y distendido. Muchas preguntas sobre sexo estarían bien. «Vale, quiero hacer una pregunta».

«Eso no era parte del trato», dijo Harris, «y aún no hemos tenido orgasmos».

«Tienes razón», dije. «Quizás sea algo que deberíamos rectificar».

Me bajé de la tumbona, dejando el palito de mi polo de piña en la mesita blanca, tomé mi toalla y me acerqué a Harris. «¿Hay sitio para otra?».

Me miró con recelo. «¿Qué estás tramando?».

«Algo que estoy segura de que te va a gustar».

«Te dije que quiero correrme en tu...», Harris miró a su alrededor para ver si había alguien cerca, «...bonito coño».

«Sí, bueno, quizá no puedas tomar todas las decisiones todo el tiempo, Harris».

Se movió hacia un lado de la tumbona, con su precioso pecho musculoso y sus abdominales marcándose con el movimiento. Me acomodé junto a él, de lado, y nos cubrí con la toalla. Sus ojos azules se encontraron con los míos mientras movía lentamente mi mano por su pecho. «Creo que puedes ser un gran problema», murmuró mientras le acariciaba el pene duro a través de su bañador.

«Oh, sé que soy un gran problema», dije sonriendo mientras él ponía los ojos en blanco para luego cerrarlos cuando metí la mano debajo de la tela. Su pene palpitaba excitado en mi palma.

«Voy a hacer que te corras, Harris, aquí mismo, en esta playa, delante de toda esta gente, y vas a tener que mantenerte callado».

Su garganta se movía mientras tragaba saliva, y el fuerte agarre que le daba con cada tirón ya lo estaba poniendo húmedo. «Joder, Connie», gimió.

A nuestro lado, sus hermanos observaban todo con diversión.

«¿Te gusta eso?», le susurré al oído. «Puedes pensar en mi bonito coño, cariño. Piensa en él abierto, esperando a que tu pene gigantesco se meta dentro».

«Mmmm...», gimió.

«Piensa en lo bien que te sentirás cuando me llenes con tu semen caliente».

«Joder...». Harris se acurrucó a mi lado, mirándome, y yo cambié el ángulo de mi muñeca.

«Piensa en cuando acabes y veas todo ese semen pegajoso salir de mi coño. Puedes ver cómo mi coño gotea, amor».

Harris apretó los dientes y cerró los ojos con fuerza mientras su miembro caliente se hinchaba en mi puño y su semen quemaba mi piel. Oh, qué exquisita fue la sensación de ver a este hombre grande, guapo y arrogante totalmente derrotado por mi mano y mis palabras.

Detrás de mí, escuché un movimiento y, de repente, me levantaron de la tumbona de Harris y me echaron sobre un hombro. «Tomen las cosas», ordenó Holden. «Voy a llevar a esta mujer a nuestra guarida antes de que me exploten los huevos».

Me partí de risa mientras mi estómago se clavaba incómodamente en su hombro. «¿Puedes llevarme mejor, por favor? Esto duele».

«Soy bombero», anunció Holden, ya caminando a zancadas por la playa mientras sus hermanos recogían nuestras cosas y Harris se despertaba de su coma post orgásmico.

«¿Bombero?».

«Sí. Todos lo somos. Siempre estamos disponibles para rescatar gatos, apagar incendios en barbacoas y, potencialmente, rescatarte de un incendio en tu casa».

59

«Bueno, espero que tu forma de comportarte junto al fuego sea mejor que esta». Le di una palmada en el hombro. «Puedo caminar, ¿sabes?».

Capturé las miradas divertidas de algunos de los otros turistas en la playa, preguntándome cuán divertidos estarían si supieran que la mano con la que estaba golpeando a este hombre había estado agarrando el pene erecto de su gemelo hace menos de un minuto. La idea hizo que mis mejillas se sonrojaran.

«No te preocupes por mi comportamiento junto al fuego», dijo Holden. «Lo único que deberías tener en mente es mi comportamiento en a la cama y, después de lo de anoche, deberías saber que no hay nada de qué preocuparse en ese sentido».

«¿No te parece un poco presuntuoso?», le grité. «Bájame».

En un instante, Holden me había cambiado a una postura nupcial y seguía avanzando por el camino hacia el lujoso alojamiento en el que dormimos la noche anterior. Enganché mi mano alrededor de su cuello para mantener el equilibrio y miré su rostro divertido. «Eres mandona», dijo. «¿Es ese el fetiche sexual que te da vergüenza revelar?».

«¡No!», grité. «Tampoco soy demasiado tímida».

«Entonces, ¿por qué evitas responder? Me intriga. Pareces el tipo de chica que ve lo que quiere y va a por ello sin pensárselo dos veces. ¿Por qué no quieres compartir tus fantasías con cuatro hombres que están empeñados en hacerlas realidad?».

Parpadeé lentamente, pensando cuidadosamente en mi respuesta. «Las fantasías son algo muy privado. Son como códigos secretos que activan nuestros interruptores. No me parecía bien compartirlas en la playa, con todo el mundo alrededor». Era la mitad de la verdad. La otra mitad era el miedo a que, si estos hombres escuchaban mis fantasías y las hacían realidad, quizá nunca quisiera separarme de ellos.

«Tiene sentido, supongo».

Estábamos en la puerta y teníamos que esperar a que el resto de los chicos nos alcanzaran. Holden me bajó y me atrajo hacia su cuerpo calentado por el sol. Su pulgar acariciaba mi labio inferior, con los ojos clavados en los míos. «Creo que nunca he querido saber cómo hacerle perder el control a alguien tanto como ahora. Quiero descifrar tu código con tanta fuerza que ningún otro hombre pueda hacerte sentir tan bien».

«¿Ni siquiera tus hermanos?».

Sonrió con malicia y me dio un beso apasionado en los labios. Me susurró al oído: «Ni siquiera mis hermanos».

Kane apareció con la tarjeta de acceso ya en la mano. Detrás de él, le seguían Karter y Harris.

«La llave de todas tus fantasías más salvajes», dijo Kane, blandiéndola como si fuera el Santo Grial.

Y, por primera vez en mi vida, creí las palabras de un hombre en lo que respecta al sexo.

10

Mis cuatro bomberos sexys tiraron las bolsas al suelo. «Tenemos que ducharnos», dijo Harris.

«Bueno, ustedes seguro que sí», se rio Kane, mirando los bañadores de sus hermanos.

«Creo que Connie debería ducharse con nosotros», sonrió Karter. «Puede contarnos todas sus fantasías sexuales mientras nos lavamos».

«Y luego la ensuciamos otra vez», añadió Holden, con ese brillo malicioso de vuelta en sus ojos azules.

«Vamos», dijo Karter, tomándome en brazos y empezando a subir las escaleras.

«¿Qué demonios?», grité, dándole un golpe en su glorioso y bronceado pectoral. «Tengo piernas. Puedo caminar».

«Sí, pero esto es mucho más divertido», respondió él.

«Son unos controladores», dije con el ceño fruncido, pero por dentro me encantaba. Un escalofrío me recorrió el cuerpo al pensar en que debía revelar mi fantasía más perversa y que estos hombres la podían cumplir. En los momentos en los que estaba sola en mi cama, nunca había imaginado a más de un hombre involucrado en esta fantasía. Siempre había sido un hombre oscuro y sin rostro, que me maneja como un maestro.

La habitación en la que nos divertimos la noche anterior había sido limpiada y las sábanas de la cama fueron cambiadas, pero Kane no se detuvo hasta que estuvimos en el amplio y lujoso cuarto de baño. Mis pies tocaron el frío suelo de mármol mientras Kane no perdía tiempo en abrir el grifo. La enorme sala de baño tenía un gigantesco cabezal de ducha tipo lluvia que rociaba un chorro constante de agua humeante. Kane se quitó el bañador, lo lanzó hacia una esquina y luego fue por mí.

«Es hora de desnudarse, Connie», dijo mientras llegaban sus hermanos, desnudándose sin ningún tipo de vergüenza. No tuve oportunidad de quitarme el bikini. Los dedos de Kane tomaron el corchete superior mientras las manos de Karter empujaron hacia abajo la parte inferior, y entonces quedé desnuda ante ellos.

«Joder», murmuró Harris, con la mano agarrando su grueso pene, que ya estaba duro de nuevo.

Me querían moverse a cubrir mis pechos, pero luché contra la timidez y enderecé los hombros, queriendo mostrarme segura. Estaba decidida a ser una mujer capaz de manejar a estos cuatro hombres enormes y convertirme en la persona segura de sí misma que siempre había querido ser.

«Vamos, entonces», dije. «Es hora de limpiarse».

«Y confesar», añadió Harris guiñando un ojo. «Se te acaba el tiempo hasta tu próximo orgasmo. Entonces tendrás que responder a tres preguntas».

«¿Acordamos las nuevas reglas?», pregunté, ahora genuinamente confundida sobre de qué estábamos hablando.

«Quién coño sabe», dijo Karter.

Me metí bajo el agua caliente y me pasé las manos por la cabeza, lavándome el agua de mar y la arena del cabello. Con los ojos cerrados, no tenía ni idea de quién eran las manos que me acariciaban los pechos ni de quién eran los dedos que se

63

deslizaban entre mis piernas, rodeando suavemente mi clítoris. No sabía quién se presionaba contra mi espalda, con las manos sujetándome las muñecas por encima de la cabeza. Un escalofrío de excitación me recorrió el cuerpo ante mi impotencia. «Cuéntanos tu fantasía, Connie».

Incliné la cabeza hacia adelante para que el agua no me entrara por la nariz mientras inhalaba profundamente. Debía a hacerlo. Tenía que ser sincera y asumir las consecuencias, sean buenas o malas.

«Mi fantasía más perversa es sentirme impotente», dije mientras todos los hombres a mi alrededor se quedaban quietos. Quienquiera que me estuviera sujetando las manos apretó un poco más fuerte, como si ya estuviera pensando en lo que significan mis palabras. «Me refiero a estar realmente indefensa. Atada y con los ojos vendados. A merced de...». Tenía que pensar cómo expresar lo siguiente, porque esto nunca había tenido que ver con muchos hombres, y no estaba segura de si cuantos más hubiera, sería más o menos excitante. ¿Sería más intenso con más hombres? ¿O más distractor? Decidí ser sincera, porque de eso se trataba el juego.

«... de un hombre», terminé.

«¿Un hombre?», creo que fue Holden quien lo dijo. Creo que era él quien estaba detrás de mí, agarrándome las muñecas con tanta fuerza que me daban ganas de gemir.

«En mi mente, siempre ha sido uno, pero tal vez podrían ser más».

«¿Te gustaría que lo probáramos?».

Asentí con la cabeza.

«¿Se trata solo de control?», creo que fue Kane quien preguntó esta vez.

Asentí. «Solo control. No se trata del dolor. No se trata de degradación. Solo quisiera totalmente estar a merced de otra persona».

64

«Si quieres, podemos hacerlo por ti».

Volví a asentir, manteniendo los ojos cerrados, sin querer que se rompiera el hechizo que ya se había lanzado.

Unas manos me lavaron con un jabón de olor dulce y, una vez que todos estuvimos limpios, cerraron el grifo de la ducha. Mantuve los ojos cerrados mientras me sacaron del cuarto de baño y me secaron con una toalla suave y esponjosa. Un murmullo de voces me transmitía cosas que no conseguía oír del todo, y mi mente y mi cuerpo comenzaron a sentirse vivos con esa nueva sensación. Minutos más tarde, me cubrieron los ojos con un paño suave que me lo ataron a la nuca. Un ligero suspiro salió de mis labios mientras me envolvía la oscuridad. A continuación, me ataron las muñecas y me invitaron a echarme en la cama. Supuse que estarían utilizando las corbatas de la boda para atarme al marco de la cama. En esta posición, quedé con los brazos estirados detrás de la cabeza y los pechos al descubierto. Esperaba a que alguien me tocara, pero mientras me sujetaban, nadie decía nada.

Levanté los pies, manteniendo las rodillas juntas, pero no permanecieron así por mucho tiempo. Casi inmediatamente, unas manos fuertes me abrieron las piernas y me fijaron los tobillos al marco de la cama con las rodillas dobladas. Cuando terminaron su trabajo, probé mis ataduras y descubrí que se sentían cómodas para mi piel, pero que eran lo suficientemente fuertes como para limitar casi por completo mis movimientos. El aire fresco se movía entre mis piernas acariciando mi vagina expuesta, y mis pezones se endurecían mientras mi cuerpo se preparaba para ser tocado.

¿Cuándo comenzarían a tocarme?

Sus pasos resonaban en el suelo, haciendo eco en el espacio vacío de la habitación. Parpadeé detrás de mi venda, que no dejaba pasar absolutamente nada de luz. Un escalofrío me recorrió el cuerpo. Había depositado mucha confianza en estos hombres. Sabía que estaban relacionados con los maridos de Natalie y, en el poco tiempo que llevaba conociéndolos, me habían tratado con mucho respeto, pero ¿quién sabe lo que podría pasar en ese momento? El miedo es parte del motivo por el que esta fantasía siempre me volvía loca. Sin él, quizá no me sintiera tan excitada. Quizá no me sintiera a punto de correrme sin una sola caricia. Dios mío. Estaba tan excitada que sentía que mi coño goteaba, y no había forma de cerrar las piernas para ocultarlo. No había forma de mover las manos para cubrir mi extrema excitación.

Hubo cierto movimiento abajo. Oí cómo se cerraban los armarios y el suave sonido de pies descalzos sobre el suelo. ¿Qué estaban haciendo? ¿Quién estaba en esta habitación conmigo y quién no? ¿Estarían preparando algo para picar?

Mi mente daba vueltas en la oscuridad, mis oídos se esforzaban por captar cualquier indicio de lo que iba a pasar a continuación. Se me puso la piel de gallina, la espera me estaba llevando a un frenesí de sensaciones. Entonces, algo tocó de pronto la punta de un pezón. Era como un dedo que me acariciaba, pero desapareció rápidamente. Arqueé la espalda, esperando más, y escuché una suave exhalación como respuesta. A quienquiera que fuera le divertía que yo estuviera deseando el contacto. Disfrutaba controlando mis sensaciones tanto como yo disfrutaba rindiéndome.

El suave sonido de unos pasos sobre el suelo me hizo notar que alguien se acercaba. Se oía un murmullo de voces, pero no conseguía entender lo que decían. ¿Cuántos estaban aquí? ¿Qué me iban a hacer? El instinto me obligaba a querer juntar las rodillas, pero no podía debido a las ataduras. Mis piernas temblaban de expectación. Y, de pronto algo frío presionó mi clítoris.

«Mmm...», gemí. El agua fría resbaló por mis labios. Alguien estaba poniendo un cubito de hielo en mi zona más sensible. Cuando lo retiraron, me retorcí, pero unas manos me abrieron los muslos y el calor sustituyó al frío. Una lengua raspó mi clítoris, la sensación fue tan intensa que mis caderas se arquearon automáticamente, pero unas manos fuertes me sujetaron firmes sobre mi vientre. Alguien hizo un sonido de desaprobación, como si mi movimiento le hubiera decepcionado. Mi corazón se aceleró. Todo lo que él hacía era perfecto, casi como si hubiera leído mi mente y recreado exactamente lo que necesitaba. Algo frío se acercó a mi vagina y fue introducido dentro de mí. Era cilíndrico, no era hielo definitivamente, y cuando rozó mi punto G, jadeé de placer.

Unos dedos frotaron solo la punta de mis pezones y temblé cuando una lengua los lamió con fuerza. Lo que fuera que hayan metido en mi coño era empujado y sacado con un ritmo uniforme, haciéndome vibrar por dentro. Mi cuerpo se tensaba, estremeciéndose cada vez más y más hasta estar tan cerca de correrme que casi podía saborear el éxtasis. Era como el momento antes de que una montaña rusa cayera por el precipicio... Deseaba tanto correrme que gruñía excitada, y de pronto, todo se detuvo.

Joder.

Tiré de mis ataduras y alguien hizo un chasquido de desaprobación. El hielo tocó la punta de mi pezón y me hizo temblar, de inmediato fue reemplazado por una boca caliente que chupaba y chupaba hasta que me arqueé de placer. Entre mis piernas, la cama se movía. Sentí como si alguien se arrodillara cerca de mí. Entonces, la cabeza gruesa y roma de un pene erecto comenzó a rozar mi clítoris resbaladizo. Retorciéndome de nuevo, intenté acercarme más, con demasiadas ganas de ser penetrada, con la frase «por favor» en la punta de la lengua. Podía suplicar. Podía. Pero así tal vez no fuese como en mis fantasías.

Unas manos se movían sobre mis pechos y sobre mi vientre. Bajaban hasta que sus dedos separaban mis labios vaginales y me mantenían bien abierta. El pene presionaba mi entrada, forzando su camino dentro de mí centímetro a centímetro, mientras mi clítoris era acariciado por un dedo ocioso, relajado. Jadeé, sintiendo cómo mi orgasmo volvía a acercarse. Solo necesitaba un poco más. Ese gran pene metiéndose más profundamente. El dedo frotando en círculos concéntricos, la boca chupando un poco más fuerte. Quizás los dientes para provocarme una sensación diferente.

«Por favor», jadeé, incapaz de contenerme más. «Por favor, dejen que me corra».

El dedo dejó de moverse. El pene se retiró. Las bocas abandonaron mis doloridos pezones y el aire fresco sustituyó todo lo que era caliente y urgente.

«Por favor», repetí, pero no obtuve respuesta. Nadie dijo nada, ni aseguró si me harían correrme en algún momento. El silencio resonó en mis oídos. Entonces, unas manos comenzaron a desatarme las piernas. Cuando estuve libre, mi cuerpo fue volteado como si no pesara nada, y unas manos comenzaron a acariciarme la espalda. Me obligaron a ponerme de rodillas y me presionaron en el centro de la espalda para que mi culo quedara al descubierto. Las manos acariciaron mis curvas y mi coño se contrajo con excitación. Un aliento cálido me acarició entre las piernas, hasta que una lengua comenzó a lamer mi vagina y a subir, rodeando mi perineo hasta hacerme jadear. Apoyada en los codos, con las manos aún atadas, luchaba por mantener el equilibrio. Unas manos me agarraron las pantorrillas, manteniendo en su sitio a mis piernas recién liberadas.

Y aunque me tenían suspendida en esta fantasía de una manera que llenaba el lugar oscuro de mi mente que siempre se sintió vacío, una parte de mí deseaba saber dónde estaba cada uno. Quería ver quién me estaba tocando. Quería saber de quién era cada caricia. Quería saber quién me estaba dando placer para tener la oportunidad de devolvérselo.

Cuando un pene volvió a acercarse a mi entrada, esta vez empujando firmemente dentro de mí con una embestida castigadora, grité. Al mismo tiempo unos dedos pellizcaron mis pezones, agarrándome los pechos con fuerza. Un dedo acariciaba mi perineo, una y otra vez, sin presionar lo suficiente como para penetrarme mientras me follaban con fuerza. Todo lo que necesitaba era un dedo en el clítoris y me correría. Solo una caricia. «Por favor», jadeé. «Estoy a punto».

Había pasado tanto tiempo y les había suplicado tanto que no esperaba que cedieran, pero lo hicieron. Un dedo resbaladizo presionó mi clítoris y me corrí tan fuerte que mi coño se contrajo en oleadas de delicioso placer, lo que hizo que mi cara se hundiera entre mis muñecas atadas y todo mi cuerpo temblara en un estallido de éxtasis.

Unas manos acariciaban mi cuerpo mientras las embestidas continuaban más lentamente, tal vez para prolongar mi placer.

Unos dedos se acercaron a los nudos de mis muñecas y los aflojaron gradualmente. Quienquiera que estaba dentro de mí se retiró y me dio la vuelta hasta que quedé tumbada sobre el suave edredón, con los ojos aún en la oscuridad.

En mi pecho, mi corazón latía con fuerza mientras mi caja torácica se elevaba para tomar aire. Me sentía aturdida detrás de la venda, deseando que me la quitaran, pero también estaba disfrutando de esos momentos después del clímax en los que nada más podía interferir con mi placer.

Cuando me quitaron la venda de los ojos, parpadeé ante la luminosidad de la habitación llena de sol y miré a Harris y a Holden frente a mí. La cama se movió cuando Kane y Karter se arrodillaron detrás de mí.

«¿Estás bien?», me preguntó Harris, apartándome un mechón de pelo de la cara. Asentí y sus ojos se suavizaron con alivio. «¿Lo hemos hecho bien?». Asentí de nuevo y sonreí.

«Lo has hecho perfectamente».

«Qué bien».

Enganché mi mano alrededor de su cuello y lo acerqué a mí para poder besar sus labios carnosos. Mi mano recorrió su hombro ancho y redondeado, bajando por sus brazos musculosos. Esto es lo que echaba de menos cuando estaba atrapada en la oscuridad, este contacto, esta conexión. Harris se retiró y miró a su gemelo.

«Por cierto», dije en voz baja. «Ya has usado tus dos preguntas».

La expresión de su rostro lo dijo todo, y a nuestro alrededor, sus hermanos se rieron ruidosamente.

Finalmente, cuando se calmaron, Harris inclinó la cabeza hacia un lado, con sus ojos azules radiantes de picardía. «Supongo que tendré que ganarme un par de preguntas más, ¿no?».

Promesas, promesas.

11

Harris cumplió su promesa, me dio la vuelta, me separó las piernas y se metió profundamente dentro de mi húmedo coño. Cuando me follaba, lo hacía con una intensidad que me calentaba hasta los huesos. Su mano me agarró la mandíbula, manteniéndome en mi sitio para que mis ojos no pudieran apartarse de los suyos. Sus caderas se movían, rozando mi clítoris con cada embestida, empujando dentro de mí hasta que hacerme jadear de placer. A nuestro alrededor, sus hermanos observaban, acercándose para que usara mis manos y acariciara sus penes. Seguía sostenida sobre mis rodillas para que la penetración fuera más profunda.

Me hizo correrme desde lo más profundo de mi vientre, y el calor se extendió por todo mi cuerpo como si fuera sirope caliente. Luego me llenó el coño tal y como me había prometido cuando estuvimos en la playa.

Me besó antes de apartarse, pero sin darme tiempo a hacer alguna pregunta, Holden ocupó su lugar. «Quiero probar algo contigo», dijo. «¿Alguna vez has tenido más de un pene dentro de ti?».

Negué con la cabeza mientras un escalofrío recorría mi cuerpo.

«Kane, túmbate boca arriba».

Kane hizo lo que le indicaron, poniendo una mano detrás de la cabeza y su grueso miembro duro apoyado sobre su vientre. Holden me invitó a sentarme en el regazo de su hermano y, mientras me acomodaba, el semen de Harris se derramaba recorriendo mi muslo.

«Siéntate sobre su pene», me indicó Holden, y así lo hice. No sentí ningún dolor cuando me penetró, solo una perfecta sensación de estiramiento. Holden se situó detrás de mí, empujándome hacia delante hasta que quedé tumbada sobre el pecho de Kane.

«Relájate», susurró Kane, bajando una mano para apoyarla en mi espalda. Inhalé profundamente y luego exhalé con lentitud mientras Holden comenzaba a meter su pene dentro de mí junto al de su hermano.

Joder. Eso no debería haberse sentido tan bien. Era demasiado perverso. Demasiado obsceno. Demasiado prohibido.

Pero que rico se sentía. A medida que se adentraba más, se inclinaba más sobre mí, atrapándome entre él y su hermano. Kane apretó los dientes, aumentando la presión para no moverse. Entonces, las caderas de Holden presionaron contra mi culo y su pene entró por completo.

Eso fue todo. Estaba viviendo en realidad lo que se sentía estar con más de un hombre a la vez. Mi cuerpo era un recipiente para su placer, un receptáculo que ellos podía utilizar. Cuando Holden empujó, jadeé porque ya eran bien grandes ambos penes por sí solos, pero tener dos adentro, era obsceno. ¿Qué visión podía dar? Mi coño abierto por dos hombres, los labios vaginales abiertos, el clítoris ansiando el contacto. Me dolían los muslos alrededor de las caderas de Kane.

«Joder, qué bien se siente», dijo Holden. Sus manos me agarraron del pelo y me giraron la cara para poder besarme en la comisura de los labios. «¿Sabes qué quedaría bien?».

72

Negué sin saber la respuesta y él me soltó el cabello. «Tu boca alrededor del pene de Karter».

Vaya, qué idea. Otra idea caliente y obscena que hizo que mi coño se contrajera de excitación. Tuve que esforzarme para levantarme usando las manos, pero Karter ya estaba ahí, con la mano agarrada a la base de su hermoso miembro viril. Su otra mano me acariciaba la cara con cariño. «¿Está bien así?», preguntó. Respondí lamiendo la punta de su pene, y él no necesitó más confirmación. Empujó dentro de mi boca, sujetándome la barbilla, para que mi garganta quedara en el ángulo perfecto para penetrarme profundamente. Cerré los ojos, perdida en el ritmo de tres hombres que estaban usando mi cuerpo de la forma más abrumadora posible. Harris, recuperado de su orgasmo, se acercó también y usó sus ágiles dedos para jugar con mis pezones. Me dolía la mandíbula, pero Karter no se excedía. Luego de ciertas embestidas, se retiraba para darme tiempo para respirar, acariciando mi labio inferior con el pulgar y usando la mano para provocarse a sí mismo.

Debajo de mí, Kane comenzaba a empujar con fuerza, con las manos sujetándome las caderas mientras Holden aceleraba. Eran como una máquina de placer bien engrasada, cuatro cuerpos dedicados a mostrarme todo lo que alguna vez imaginé que podría ocurrir con más de un hombre.

Mi cuerpo estaba resbaladizo por el sudor, la excitación y el semen, mis músculos estaban tensos y mi coño apretado, pero aun así no se detuvieron. Me corrí a la velocidad del rayo, gimiendo alrededor del pene de Karter, casi cayéndome sobre el pecho de Kane, pero ellos me sostuvieron, empujando y empujando dentro de mi coño y mi boca hasta que sentí más placer acumulándose en mi vientre.

Nunca había sido capaz de tener orgasmos múltiples. En el pasado, me había costado encontrar a un hombre que me diera siquiera uno sin ayuda significativa de mi propia mano, y aquí estos hombres eran capaces de extraer más placer de mi cuerpo del que jamás creí posible.

«Joder», jadeó Karter, apretando su mano alrededor de mi cuello mientras llenaba mi boca. Tragué saliva y su sabor fue el detonante de otro orgasmo casi doloroso por su intensidad. Mi clítoris se sentía hinchado más allá de su capacidad, atrapado contra el duro cuerpo de Kane.

Karter se dejó caer sobre la cama, acariciándose el pene, mientras Kane me atrajo hacia su pecho musculoso y sudoroso. «Lo estás haciendo muy bien, nena», susurró, besándome la frente húmeda. «No puedo más», dije, sin estar muy segura de lo que quería decir. No podía soportar más placer. No podía controlar mi propio cuerpo lo suficiente como para soportar su peso. No podía soportar lo que me hacían sentir.

Quizás fuera una mezcla de todo eso lo que tenía a mi mente dando vueltas.

La mano de Holden me acariciaba la espalda. «No tienes que hacer nada, Connie», dijo. «Nosotros nos encargaremos. Te tenemos a ti».

Y así era. Me tenían tan profundamente que me sentí vista por primera vez en mi vida. Y entonces me di cuenta de lo poco que me conocían en realidad.

¿Cómo era posible que en sus brazos me sintiera más segura que nunca? ¿Cómo podía confiar en ellos lo suficiente después de tan poco tiempo? No era capaz de explicarlo más que suponiendo que eran seres mágicos. ¿Podría ser algo así lo que sintió Natalie cuando conoció a Mason, Max y Miller?

Supe que Holden iba a correrse antes porque su pene se hinchó y se agitó dentro de mí. Su cuerpo se tensó mientras se hundía profundamente, liberándose contra mi cuello uterino magullado, agarrándome las caderas con tanta fuerza que estaba segura de que las marcas de sus dedos quedarán impresas por la mañana.

Kane no se quedó atrás. «Joder», gritó, sujetándome con más fuerza contra él mientras flexionaba las rodillas. Y

74

mientras estaba atrapada entre sus fuertes cuerpos, con el coño estirado al máximo, volvía a correrme, apretando con tanta fuerza que tanto Holden como Kane gritaron.

Cuando estuvieron fuera de mí, una oleada de calor se derramó por mi muslo. El instinto llevó mi mano entre mis piernas, acariciando la mezcla del semen de tres hombres que se derramaba de mi interior.

Me sentí reclamada. Poseída. Arruinada y reconstruida de una manera que no comprendía del todo. Kane me mantuvo cerca, besándome los labios, las mejillas y la frente, y diciéndome lo increíble que me había comportado.

Por primera vez en mi vida, sentí en lo más profundo de mi ser que me hablan con una certeza real.

12

Dormí sobre el pecho de Kane, con Karter acurrucado a mi espalda. No fue durante mucho tiempo, solo el suficiente como para caer en un sueño que me trasladó hasta un lugar desconocido, a la deriva en un pequeño bote con árboles que ocultaban el cielo. Me desperté sobresaltada y me encontré con la mejilla pegada a la piel de Kane y la mano de Karter acariciándome el coño, como si quisiera asegurarse de que nadie me pudiera tocar mientras él visitaba el país de los sueños. Era posesivo y adorable, y tal vez fuese un instinto que le quedaba de cuando era niño y sus hermanos le robaban los juguetes. La idea me hizo sonreír.

Los desperté con besos, disfrutando del calor de sus cuerpos y de la forma en que me miraron entrecerrando los ojos somnolientos.

«Hola», sonrió Kane.

«¿Dónde están Holden y Harris?», pregunté.

«Ni idea», respondió, «pero quizá deberíamos averiguarlo».

Mi bañador estaba mojado en el suelo de la ducha, pero lo escurrí todo lo que pude y me lo puse. Los gemelos hicieron lo mismo con los suyos y bajamos las escaleras. No podía dejar de sonreír, y ellos tampoco. Cuando llegamos al final de las escaleras, ambos me habían pellizcado el trasero y yo les había dado un golpecito juguetón, encantada por lo tontos que

76

podían llegar a ser después de toda la intensidad en el dormitorio. Holden y Harris estaban descansando en las tumbonas junto a la piscina. Cuando salí para unirme a ellos, llamaron a la puerta principal.

«¡Servicio de habitaciones!», gritó Harris, levantándose emocionado. En la puerta, un camarero entró con un carrito lleno de bandejas cubiertas con campanas de plata.

«¿Qué han pedido?». Me imaginé la comida tailandesa más deliciosa y exótica, pero Holden confirmó que eran hamburguesas y patatas fritas.

«Necesitamos energía después de que nos dejaras sin fuerzas», dijo sonriendo.

«¿Los dejé sin fuerzas? Ustedes son cuatro y yo solo una. ¿Eso significa que me voy a comer cuatro hamburguesas?».

«Puedes comer todas las hamburguesas que quieras si eso te anima a follar así otra vez».

Apreté las piernas y sentí mi coño sensible e hinchado por la excitación. «Creo que quizá necesite algo de tiempo para recuperarme».

Kane me atrajo hacia su pecho y me dio un beso en la frente. «Puedes tomarte todo el tiempo que quieras».

Se oyó un sonido lejano que me resultó familiar: era mi teléfono.

«Es el mío», dije, separándome de Kane. Cuando llegué a mi bolso, el timbre había dejado de sonar y, al mirar el teléfono, noté que era mi padre.

Se me encogió el corazón.

No porque no quisiera a mi padre. Lo quiero mucho. Pero siempre tenía una forma para hacerme sentir mal, incluso cuando no fuese su intención. Al menos, pensaba que no lo hacía con intención. Si le devolvía la llamada, podría arruinarme el momento. Estos últimos días habían sido tan increíbles que romper el hechizo parecía casi un sacrilegio, pero podría ser una emergencia, y si resultaba ser algo malo, nunca me lo perdonaría a mí misma. Marqué su número rápidamente, rezando en silencio para que solo buscara saber de mí.

«Papá». dije. «Hola».

«Hola, Connie. No pensaba que fueses a contestar», dijo. De fondo, oí el ruido de tráfico, así que él debía estar fuera de casa.

«Tenía el teléfono en el bolso».

«¿Qué tal Tailandia? ¿Qué tal la boda?».

«Tailandia es preciosa y la boda fue perfecta», le dije, girándome para alejarme de donde los chicos se estaban reuniendo para comer. Me di cuenta de que hablan en voz baja, lo cual era muy considerado por su parte.

«No fue exactamente perfecta con tres hombres», dijo papá. «No sé cómo esos padres pudieron enfrentarse al resto de su familia en un evento tan escandaloso».

«No fue escandaloso», dije, sabiendo que era inútil discutir con él porque nada de lo que dijera le hará cambiar de opinión.

«No sé en qué tipo de mundo vivimos cuando se acepta este tipo de cosas».

«Estamos en el siglo XXI, papá, no en la Edad Media».

«Bueno, eso no fue lo que dijo Carmella». Por supuesto, mi hermana estaría de acuerdo con él.

«¿Qué tal por casa?». Intentar cambiar de tema parecía la mejor opción.

«Bien. Carmella acaba de conseguir un ascenso. Ahora es vicepresidenta de su empresa. Y va a comprar una casa en la calle Kennedy. Acaban de renovarla, así que no tendrá que mover un dedo».

«Eso es genial». Lo dije en serio, aunque una gran parte de mí se sintió mal porque mi hermana había vuelto a impresionar a mi padre y yo seguía luchando por salir adelante en un trabajo que no me llevaba a ninguna parte.

«Tiene determinación, igual que su padre».

Prácticamente podía sentir la suficiencia que rezumaba a través del teléfono. Y esta era precisamente la razón por la que no quería contestar. Ni siquiera sabía cómo responder sin parecer grosera. «Estoy a punto de comer, papá», dije, mirando el carrito con el plato de comida que aún estaba tapado. Mi estómago gruñía ruidosamente.

«¿Está Natalie contigo?».

«Ahora está de luna de miel».

«Entonces, ¿con quién estás?».

El diablo que llevaba conmigo quería gritar que actualmente estaba disfrutando con cuatro hombres que me cogían a placer cada vez que tenían oportunidad. Me hubiese gustado decepcionarlo tanto que ya no tuviera que soportar más esas llamadas de mierda. Pero mi lado culpable, el que creció tratando desesperadamente de complacerlo, todavía deseaba que encontrara algo digno en mí de lo que pudiera presumir ante los demás.

«Solo unos amigos», respondí. «Aquí es como otro mundo, papá».

«Bueno, ten cuidado de no acabar con disentería. He oído hablar mucho de la falta de higiene en estos países del tercer mundo».

«Estoy en un hotel de cinco estrellas, papá».

«Aun así. Probablemente no se lavan las manos después de ir al baño».

«Bueno, gracias por llamar para ver cómo estoy. Te llamaré cuando vuelva a casa».

Nos despedimos, pero seguía sintiendo un peso en el estómago mientras tomaba mi plato y salía al exterior.

Los chicos estaban comiendo con ganas, pero se detuvieron y levantaron la vista cuando me acerqué. Esbocé una sonrisa forzada, seguramente nada convincente. El sol se reflejaba en la superficie ondulada de la piscina, y yo lo único que deseaba era sumergirme en sus tranquilas profundidades y olvidarme por completo de casa.

«¿Era tu padre?», preguntó Harris.

Me encogí de hombros. «¿Seguro que quieres gastar una de tus preguntas en eso?». Me senté a la mesa y esperé la respuesta de Harris a continuación, mientras me metía una patata frita y crujiente en la boca.

«¿Por qué parece como si alguien te hubiera pinchado un globo?», preguntó. «Y esa es una pregunta oficial».

Todos esperaron, olvidándose de la comida.

«Tengo una hermana, Carmella. Es perfecta en todos los sentidos, y a mi padre le gusta recordármelo constantemente. Me hace sentir como una mierda».

Tomé mi hamburguesa y le di un gran mordisco, con la esperanza de que mi boca llena les disuadiera de hacer más preguntas incisivas.

«Algunas personas se especializan en la manipulación emocional», señaló Karter en voz baja. «Es horrible y es natural que te sientas herida por ello. No debes castigarte por tener esos sentimientos. Pero te toca reconocer que lo que hace tu padre está mal y que él lo sabe. Sé que puede ser difícil afrontarlo».

Terminé de masticar y noté que todos los chicos asintieron. «Parece que sabes de lo que hablas».

«Puede que tengamos una situación familiar similar. Nuestro padre... bueno, no nos compara entre nosotros, pero

80

sí utiliza la manipulación emocional para intentar que hagamos lo que él quiere. No siempre son cosas que nos benefician, o al menos, no son cosas que queramos hacer. Hemos tenido que afrontar el hecho de que gran parte de ello está motivado por el egoísmo y quizás por un defecto de personalidad. Es difícil».

Asentí, limpiándome la boca con una servilleta mientras asimilaba su situación. «Sin embargo, parece que sabes cómo lidiar con ello. Yo no tengo ni idea, aparte de evitar las llamadas y decirme a mí misma que no le guarde rencor a Carmella por ser un ángel».

«No es un ángel, Connie. Solo es una herramienta en el juego de tu padre. Él utilizará diferentes técnicas para mantener el control sobre ella también. ¿Cuánto de lo que hace es porque la han entrenado para buscar su aprobación?».

Nunca había pensado en la situación de esa manera, imaginando que Carmella no quisiera vivir su vida como lo había hecho hasta ahora, sino que más bien soñaba con cosas distintas.

«¿Cómo es que se han vuelto tan sabios?».

Harris resopló. «No creo que "sabios" sea una palabra que alguien haya aplicado antes para referirse a nosotros».

«Pues deberían haberlo hecho».

«Esa pregunta ya está agotada», dijo Holden. «Según mis cálculos, nos quedan otras nueve».

¿Era cierto? Me habían hecho acabar cinco veces. Era una hazaña que nunca creí que alguien pudiera lograr. Ahora había una estadística de la que podía estar orgullosa. ¿A quién le importaban los trabajos y las casas cuando se podía tener orgasmos múltiples?

«Tengo la sensación de que, al final de las nueve preguntas, no vas a querer darme más orgasmos». Puse los ojos en blanco y Kane se sentó más erguido en su asiento.

«No hagas eso, Connie. No te menosprecies ante nosotros. La razón por la que Harris ideó este juego es porque queremos conocerte mejor. Parecía que querías mantenernos a distancia, pero nosotros preferimos estar más cerca».

«No se me da bien estar más cerca», dije.

«Creo que eres buena en todo lo que te propones», añadió Karter.

Sus palabras me llenaron de calidez. Una calidez peligrosa que no quería sentir. Este juego me daba miedo porque iba a hacer exactamente lo que temía: acercarme a estos hombres.

Estar más cerca podía significar dolor.

Más cerca iba a significar dolor cuando todo lo que hubiera entre nosotros quedara atrás en este precioso país tropical lleno de frutas extrañas y especias inusuales.

Más cerca significaría que mi aburrida vida sería aún más gris cuando regresara.

Este momento era demasiado bueno como para ocultarlo. Estos hombres eran demasiado especiales como para alejarlos.

Y mi corazón anhelaba demasiado su calidez.

Era muy tarde para alejarlos. Demasiado tarde para no dejar de lado algunas de mis barreras y disfrutar de esta aventura vacacional con todo mi corazón.

Las consecuencias serían inevitables, pero tal vez valdrían la pena.

Tal vez.

13

El autobús avanzaba dando tumbos por una carretera que tenía más baches que asfalto, y yo me veía sacudida entre los cuerpos sólidos e inflexibles de Holden y Harris. Nos dirigíamos al impresionante paraje del Parque Histórico de Ayutthaya. Estaba emocionada por el día que nos esperaba. Poder caminar entre las ruinas antiguas y ver templos y estatuas gigantes de Buda era algo que realmente quería hacer, aunque no imaginaba que tendría la oportunidad de hacerlo.

De ninguna manera habría viajado por mi cuenta. Tailandia era maravillosa, pero resultaba intimidante para alguien que viajaba por primera vez, como yo, que tenía en mente todas las historias de mochileros que habían desaparecido durante sus viajes. Sin embargo, tener a cuatro hombres fornidos acompañándome en esta aventura era la forma perfecta para disipar todas mis preocupaciones.

Cuando llegamos, nuestro guía bajó con nosotros del autobús hasta reunirnos con los demás turistas, a la espera de más instrucciones. Los chicos vestían su ropa de exploración, que consistía en prácticos pantalones cortos con grandes bolsillos y camisetas que se ajustaban a sus musculosos cuerpos de una forma que me hacía suspirar. En nuestro grupo había dos mujeres de mi edad incapaces de apartar sus ojos de los hermanos Banbury. Estaba medio llena de celos y medio llena de orgullo porque estos hombres era todos míos, al menos por los momentos.

Tomé la mano de Karter mientras él se inclinaba para darme un beso en la frente.

Holden había conseguido comprar una guía en la tienda del hotel y empezó a contarnos un poco de historia mientras seguíamos al guía hacia las ruinas. Este lugar era más antiguo que cualquier otro que hubiera visto nunca y me hizo comprender el avance tecnológico que tenían las primeras civilizaciones de todo el mundo. No podía dejar de hacer fotos mientras nuestro guía, un hombre de mediana edad con una barriga que casi hacía estallar los botones de su camisa, intentaba compartir información sobre el lugar.

Mis ojos se abrían ante el descubrimiento, no solo del mundo exterior, sino también de mi propio corazón.

Hice que los chicos posaran delante de un templo que albergaba una monumental estatua de Buda. Me reí cuando todos hicieron la misma pose, con las manos en los bolsillos y los hombros hacia atrás. Parecían marines de vacaciones.

«Estoy encantado por venir aquí», dijo Holden a mitad de la visita. «Si no lo hubieras sugerido, nos habríamos quedado en el hotel».

«Si no hubieras querido venir conmigo, yo habría hecho lo mismo».

«Hay mucho que ver en Tailandia». Holden se frotó la nuca, el calor se vuelvía agobiante a medida que se acercaba el mediodía.

«Toma», busqué en mi bolso una botella de agua fría. Holden la tomó agradecido.

Cuando me la devolvió, acercó sus labios a los míos. «Gracias». Estos pequeños momentos de afecto me parecen nuevos y radiantes, y cuando me giré, noté los ojos muy abiertos de las mujeres que antes miraban a los chicos.

Sintiéndome desvergonzada y orgullosa, les guiñé un ojo, lo que las hizo sonreír a ambas. Es curioso recordar cómo reaccionó la gente al enterarse de la relación de Natalie y notar que ahora hacían lo mismo conmigo. Excepto que esto no era una relación. Era una aventura, me recordé a mí misma.

Anoche no me pareció una aventura. Los chicos trajeron la cama de la otra habitación y pasamos la noche acurrucados juntos. Antes de dormir, me hicieron más preguntas, pero se centraron en temas que no me molestaban. Se enteraron de que mi helado favorito es el de galletas y crema y que mi película favorita es *500 días juntos*. Supieron que tengo una extraña fascinación por la música de los 80 y que, si pudiera cenar con una persona fallecida, sería Cleopatra. Supieron que mi última comida antes de morir sería camarones al coco, el pastel de lima de mi madre y las quesadillas de Taco Loco, todo ello rematado con un daiquiri de fresa.

Se enteraron que mi trabajo ideal tendría que ver con los libros y que me encantaría viajar por el mundo. Supieron que mi momento más embarazoso fue llegar al baile de graduación con el vestido metido entre las bragas, y que mi primer beso fue detrás del edificio de deportes del instituto con Bryan Coleman, y que casi me ahogo con su lengua. Conocieron que no estoy satisfecha con mi trabajo actual. Daba de impresión de que había revelado mucho y, al mismo tiempo, nada en absoluto.

A través del proceso de compartir, supe que Karter era el más cariñoso. Él había sido más tierno con mis sentimientos, regañando a su gemelo cuando preguntaba algo que sabía que yo no quería compartir. A Holden era a quien más le gusta tener el control. Todavía se podían ver las marcas de sus dedos en mis caderas. Harris era el que intentaba no tomarse las cosas demasiado en serio. Y Kane era el que parecía no querer estar limitado por nada.

Cuatro hombres diferentes que encajaban muy bien entre sí y aún mejor conmigo.

85

Cuatro hombres que deseaban saber mucho sobre mí, pero que realmente no habían compartido mucho sobre ellos mismos. Había algo profundo que los unía. Algo que había sucedido y que los llevó a alejarse del negocio familiar para convertirse en bomberos. Quería preguntarles al respecto, pero al igual que ellos eran cuidadosos conmigo, yo no quería tocar ningún tema doloroso.

Al fin y al cabo, se trataba de una aventura de vacaciones.

Holden fijó su teléfono al palo de selfies, que también servía como trípode. «Foto de grupo», dijo, mientras lo sostenía en alto. Kane me rodeó los hombros con el brazo y Karter me rodeó la cintura con el suyo. Harris se posicionó detrás y Holden nos encuadró a todos en la foto. Incluso a distancia, el rubor de felicidad en mis mejillas era evidente, y los hombres que me rodeaban sonreían con tanta calidez genuina que se me hizo un nudo en la garganta. Detrás de nosotros se alzaba un enorme Buda, y el contraste era bien marcado. El pasado estaba por todas partes, y aquí estaba yo, bien situada en el presente, con el futuro colgando como un espectro fuera de mi alcance, pero que se acercaba con cada minuto que pasaba.

Me quedaban dos días más para empaparme de estos hombres. Dos días más para saborear su emoción por estar juntos. Dos días más para crear recuerdos que me romperían el corazón, pero que no deseaba desaprovechar.

Y luego volvería al avión, de regreso a una vida de la que nadie estaba orgulloso, ni siquiera yo.

14

El hotel tenía un spa como nunca había visto antes. El aire estaba impregnado del aroma del agua de ginseng que llenaba una piscina de inmersión. A mi alrededor, las flores tropicales y las palmeras hacían que el interior pareciera el exótico paisaje salvaje del exterior. Envuelta en una toalla, esperaba en un moderno banco a que la masajista terminara con su cliente. Los chicos me habían pagado dos horas de tratamientos mientras ellos se ponían al día con algunos asuntos familiares. Su padre les había llamado la noche anterior para saber por qué no los había visto en el restaurante del hotel. No le dijeron que se habían encerrado pidiendo servicio de habitaciones y dándome el tipo de sexo alucinante que pensaba que solo se podía leer en los libros.

Maldición. Me dolía todo el cuerpo. Sentía el coño caliente y adolorido. Mis caderas se habían estirado mucho más allá de su capacidad habitual. Tenía las muñecas sensibles y los pezones sensibles también bajo la áspera tela de la toalla. Iba a pedirle a la masajista que fuera suave conmigo. Había oído hablar del masaje tailandés y de lo riguroso que podía ser.

Una terapeuta tailandesa muy menuda y guapa se dirigió a mí. «¿Connie?».

Asentí, preguntándome cómo diablos tendría ella la fuerza suficiente para hacerme algo más que cosquillas.

«Por aquí». Casi hizo una reverencia y comenzó a arrastrar los pies en dirección a una puerta al otro lado de la sala. Con mis zapatillas de spa, tampoco podía caminar muy rápido. La sala estaba casi a oscuras, con el techo iluminado con pequeñas luces de colores. En el ambiente sonaba una suave música meditativa. El aroma de los aceites esenciales me invadió la nariz y me hizo relajar casi de inmediato.

«Túmbate boca abajo. Quítate la toalla. Cúbrete con esta otra toalla. Volveré en unos minutos». Sonrió y asintió nuevamente antes de dejarme sola para que me acomodara en la camilla de masaje. Cuando estuve desnuda con la cara en el agujero, ella volvió.

«¿Te gusta suave o fuerte?».

«Fuerte, por favor», murmuré en la camilla, imaginando que su fuerte sería una caricia suave. No podía estar más equivocada. Esta mujer tenía dedos de hierro y, a veces, utilizaba los codos para romper los nudos de mis músculos.

«Estás muy tensa. Aquí y aquí». Me dio unos golpecitos en los hombros y en el centro de la espalda. «Trabajas en una oficina».

«Sí», respondí.

«¿Te gusta tu trabajo? Creo que estás muy estresada».

No solo era una especie de maestra del masaje, sino que también podía leer la mente a través de los cuerpos tensos. «Mi trabajo es muy aburrido. ¿Te gusta el tuyo?».

«Está bien», dijo, amasándome los músculos del trasero con tanta fuerza que me hizo jadear. «El hotel paga bien y las propinas también».

Sonreí, pensando en lo fácil que le había resultado lanzar esa indirecta. Por muy deficiente que fuera el inglés de la masajista, tenía una gran habilidad para desempeñar su trabajo en un segundo idioma, mientras que yo no había conseguido aprender nada de tailandés desde que había llegado.

«¿Tienes novio?».

«No tengo novio», respondí.

«¿Por qué no? Eres una chica guapa. Serías una buena novia».

«Soy buena para el sexo vacacional», me reí.

Ella rio para sus adentros, probablemente pensando que todos los turistas que visitaban su país se comportaban como unos lujuriosos. «Muchos hombres vienen a Tailandia para tener sexo de vacaciones. No tantas mujeres».

«Estoy aquí por la boda de mi amiga».

Hizo una pausa, con sus cálidas manos descansando a ambos lados de mi columna vertebral. «¿Tu amiga, la novia con muchos maridos?».

Resoplé sobre la mesa. Natalie definitivamente había causado impresión en todo el hotel. «Sí, la novia con muchos maridos. Yo soy la dama de honor con muchos novios de vacaciones».

Ella aplaudió. «Tienes buen sexo vacacional con muchos chicos, muy bueno. Los hombres no son los únicos que se divierten. ¿Cuántos novios vacacionales tienes?».

«Cuatro», respondí.

Ella dio un grito de emoción. «CUATRO».

«Cuatro», repetí más suavemente.

«¿Cuatro solo para sexo? Qué codiciosa», rio.

No había mucho que pudiera decir para refutar ese punto. Pero la forma en que dijo «solo para sexo» me dejó una sensación extraña en el pecho. Mis novios de vacaciones eran geniales. Si no fuera una chica con un padre que la desaprueba y un trabajo que la aburre hasta la extenuación, pero que es su única esperanza de ascender a un puesto decente, entonces las cosas pudieran ser diferentes. Si ellos no vivieran en medio de

89

la nada y a kilómetros de distancia de mi vida, tal vez las cosas pudieran ser diferentes. Ellos eran tremendamente sexys, amables, protectores, divertidos y compasivos. Me cuidaban como ningún hombre lo había hecho antes. Serían unos maridos estupendos para algunas afortunadas en el futuro. Y también tendrían unos bebés preciosos.

Podrían tener una vida normal en la que la gente no los mirara fijamente, imaginando la criatura de diez brazos y diez piernas a la que nos parecemos en la cama. El sexo no sería lo primero en lo que pensaría la gente al entrar en una habitación.

Puede que estuvieran disfrutando de esta situación que yo había creado, pero era muy poco probable que quieran que se convirtiera en algo más.

«Codiciosa», repetí. «Solo en vacaciones».

«Está bien relajarse en vacaciones», dijo ella. «¿Tus hombres son guapos?».

Hice un sonido de aprobación. «Muy guapos».

«¿También de Estados Unidos?».

«Sí».

«Entonces creo que te llevarás a estos chicos estadounidenses guapos a casa, ¿no? ¿Por qué solo de vacaciones? Con cuatro maridos, serías una mujer muy rica».

«Muy cansada», respondí con una sonrisa.

«Pero el cansancio por el sexo es un cansancio bueno».

Mi masajista era sin duda una mujer muy sabia. «Sí. Cansancio bueno».

«Entonces quizá ahora necesites descansar. Dejaré de hablar».

Ella continuó amasando mis músculos antes de pasar a torcerme los dedos de las manos y los pies en sus articulaciones hasta hacerlos crujir. Esa era la parte que menos me gustaba de la experiencia, especialmente cuando sus manos estaban en mis pies, pero cuando terminó la hora, me como si no tuviera huesos y con las extremidades relajadas.

«Gracias», le dije, mientras me cubría con una toalla caliente.

«Descansa unos minutos. Voy por agua».

Ella desapareció y yo exhalé profundamente, dejando que el calor se filtrara a través de mis huesos, tratando de no pensar en lo poco que me quedaba en este increíble país. Los chicos se irían al día siguiente, así que mi partida sería el momento de la despedida. Tenía dos opciones. Podía hacerlo difícil y quedarme con ellos hasta el final, o podía dejarles una nota y desaparecer para que esta experiencia terminara bien. Por mucho que anhelara sus besos y abrazos, sabía que la emoción no sería buena para ninguno de nosotros. Quería que me recordaran como la mujer que había sido: segura, exigente, atrevida y divertida, no como un desastre patético, llorón y emocional.

Me senté en la cama, me envolví en la toalla y bebí el agua que me trajo la masajista. Estaba aromatizada con limón fresco y era deliciosamente refrescante.

«Muchas gracias», le dije.

«No, gracias a ti. Me gustó tu historia, Connie. Eres una mujer que consigue lo que quiere». Me guiñó un ojo y apuntó su nombre para que pudiera dejarle propina.

En los vestuarios, me puse el bañador y un vestido azul claro de verano. Dejé el dinero en efectivo en la recepción al salir, y las recepcionistas se rieron entre dientes cuando les di la espalda. Supuse que estarían imaginando el sexo, tal y como había previsto que haría la gente.

El sol seguía brillando mientras regresaba al hotel principal, cruzando el restaurante al aire libre y rodeando la piscina. Los niños chapoteaban mientras sus padres los vigilaban

91

atentamente. Una niña pequeña y dulce con un bañador cubierto de fresas trotó con un flotador alrededor de la cintura. Tenía unos rizos preciosos y una cara de querubín. Por primera vez en mi vida, sentí un deseo intenso de tener un hijo, un deseo tan fuerte que me golpeaba el pecho.

¿De dónde diablos había salido eso?

Quizás fuera por pensar en que los chicos se convertirían en maridos y padres. Tendrían hijos preciosos, como esta niña.

La miré mientras se apresuraba a sentarse en el borde de la piscina y chapoteaba con las piernas en el agua. Cuando me giré, tropecé con el pecho de un hombre que venía en dirección contraria. Me agarró por los hombros y me alejé de él.

«Lo siento. No miraba por dónde iba». Cuando levanté la vista, el azul de sus ojos y su nariz fuerte y recta me sorprendieron. Era como ver una versión mayor de Holden, Harris, Karter y Kane fusionados en un solo hombre.

«Connie, ¿verdad?». Inclinó la cabeza hacia un lado y recorrió con la mirada mi escasa vestimenta.

«Sí. Tú eres Blake, el hermano de Conrad».

«Así es». Se metió las manos en los bolsillos y algo en su postura denotaba una actitud defensiva. «Me alegro de haberte encontrado».

«¿En serio?». No tenía ni idea de por qué querría buscarme para conversar. Apenas hablé con Conrad en la boda, y él era el padre de los hombres que se casaron con mi mejor amiga.

—Sé lo que pasa entre mis hijos y tú.

La sangre se me subió a las mejillas, caliente y humillante. «¿Qué?». Solté.

«Puede que Conrad haya permitido que sus hijos cometieran un error enorme y vergonzoso, pero yo no voy a hacer lo mismo».

Agarré la correa de mi bolso, buscando algo que hacer con las manos, mientras por dentro me moría de vergüenza.

Error vergonzoso.

¿Es eso lo que pensaba de mí?

La misma sensación aplastante que tenía cuando hablaba con mi propio padre me invadió en ese momento. Me quedé sin palabras, la conmoción de sus horribles palabras me impidió articular respuesta alguna.

«Y no intentes negarlo. Te vieron en la playa en una vergonzosa exhibición».

Vergonzosa.

Fue esa palabra la que convirtió mi mortificación en ira. ¿Quién demonios se creía este hombre que era para enfrentarse a mí, una completa desconocida, y reprenderme como si fuera una niña?

Yo era una mujer adulta y podía hacer lo que me diera la gana. Él no tenía que decir nada sobre mis acciones y yo nada le debía. «Sr. Banbury», dije, mientras mi mente buscaba una respuesta. Podía haber sido grosera, pero no quise serlo. Ya había sobrepasado los límites, pero seguía siendo el padre de los chicos. «Creo que debería tener esta conversación con sus hijos, no conmigo».

Me aparté para pasar, pero él se posicionó de nuevo delante de mí. «Oh, lo haré, Connie. Pero quería que tú también lo supieras. Estoy seguro de que eres una chica sensata. Debes ser capaz de ver que Natalie ha cometido un gran error al elegir esa extraña convivencia. Habrá alguien ahí afuera que pueda darte una vida normal. El tipo de vida que te mereces. Por favor, deja a mis hijos en paz».

Cuando terminó, dio un paso atrás para dejarme pasar.

Salí corriendo, casi tropezando con mis propios pies al entrar en el hotel. En el ascensor, me recosté contra el espejo frío, jadeando en parte por la rabia y en parte por la conmoción.

Solo cuando regresé a mi habitación me permití llorar.

15

Pasé una hora en la ducha, dejando que el agua caliente limpiara mis lágrimas. Al salir, había pasado por toda la gama de emociones. El dolor y la vergüenza fueron los primeros, seguidos por la ira. La expresión de satisfacción que Blake Banbury me lanzó seguía clara en mi mente. ¿Cómo podía un hombre como él haber criado a cuatro chicos tan maravillosos? Ni en un millón de años podría imaginar a ninguno de los hermanos Banbury hablando o actuando así con una mujer.

Mi última emoción fue la determinación. No iba a dejar que nadie me dijera lo que podía o no hacer, y desde luego no iba a permitir que ese señor grosero me arruinara mi último día de vacaciones. Me prometí no contarles a los chicos lo que había pasado. Tenía la sensación de que Blake creía que enfrentarse a mí le iba a eximir de tener que imponer disciplina a sus hijos. Sin embargo, algo me decía que esto no iba a salir bien.

Aprovecharía al máximo esa última noche y a la mañana siguiente pediría un taxi para que me recogiera temprano. Pasaría un rato recorriendo Bangkok antes de ir al aeropuerto. Si tenía oportunidad, cogería la guía de Holden y miraría los nombres de los mercados. Quizá me compraría unos palillos y unos pantalones de algodón que se atan a la cintura. Serían una ropa estupenda para estar en casa.

95

Me puse mi vestido negro ajustado y me calcé mis sandalias plateadas. Decidí no ponerme bragas y murmuré «que te jodan, Blake» entre dientes mientras salía al pasillo. Sentí una energía burbujeante dentro de mí. Quizá fuera por el pintalabios escarlata que me había puesto o por la gargantilla de cuero que llevaba alrededor del cuello. Quizá fuera la sensación de que no tenía nada que perder al darlo todo esa noche.

Los chicos me esperaban en la recepción del hotel, recostados en unos sofás de terciopelo. Harris fue el primero en verme y se puso en pie en un santiamén. «Connie». Silbó, sacudiendo la cabeza en señal de aprecio. Sus hermanos se dieron vuelta, poniéndose en pie y haciendo lo mismo que su hermano.

Me sentía como dinamita, lista para detonar mi poder sexual sobre estos hombres. Me sentía afilada como una daga y brillante como una estrella.

«¿Listos para darme de comer y follarme?», pregunté, lo suficientemente alto como para que una pareja cercana me oyera. Al hombre se le cayó la mandíbula al suelo.

«¿Podemos cambiar el orden?», preguntó Kane, agarrándome por la cintura y plantándome un beso en los labios.

«No. Ese masaje me ha dado hambre».

«¿Qué tal estuvo?», preguntó Karter mientras salíamos del hotel. Decidimos probar el restaurante del hotel de al lado, para variar. Sobre todo, porque no deseaba volver a encontrarme con su padre. Había decidido guardarme esa conversación para mí misma, no tenía sentido enfadarlos y estropear mis últimas horas.

«Ha sido increíble». Le cogí la mano y se la apreté suavemente. «Gracias por reservar».

96

«No nos des crédito por ser considerados. Lo que más nos preocupaba era que, sin una intervención seria, pronto te quedarías físicamente fuera de combate».

Sonreí ampliamente. «¿Quieres decir que pensaron que el sexo quedaría descartado esta noche?».

«Estoy totalmente a favor de follarte hasta dejarte sin sentido», dijo Holden, «pero no hasta el punto de que acabes sin poder caminar».

Avancé con paso firme, mis tacones resonaban contra el suelo, y me giré, colocando las manos en las caderas. «Como pueden ver, soy perfectamente capaz de caminar».

Ocho ojos hambrientos recorrieron mi cuerpo, deteniéndose en el contorno de mis pechos y en el dobladillo de mi vestido corto. «Sigue pavoneándote así y volveremos a pedir el servicio de habitación».

Moví el dedo de un lado a otro. «Tienen que invitarme a cenar y a tomar vino antes de poder...».

Kane levantó la mano. «No lo digas. Ya me estoy moviendo allí abajo. No podré caminar si se despierta».

«Ah... pobrecito». Le lancé una sonrisa maliciosa. «Yo también tengo que tener cuidado, ya que no llevo bragas. Las cosas podrían ponerse feas».

Las expresiones de sus caras me provocaron un ataque de risa, y me di la vuelta, caminando con un contoneo extra en las caderas.

«Connie», gruñó Holden. «¿Estás intentando volarnos los sesos?».

«Quiero que esta noche sea inolvidable», dije. «Para que cuando vuelva a casa y todo esto sea solo un bonito recuerdo, no mire atrás y me arrepienta de nada».

Me agarró de la muñeca para detenerme. Detrás de nosotros, un taxi aceleró el motor y nos apartamos para dejarlo

97

pasar. «Esto no tiene por qué ser solo un recuerdo», dijo con voz ronca.

Sus hermanos se acercaron, con las manos apoyadas en diferentes partes de mi cuerpo, como si temieran que me fuera a escapar. Me ardía la garganta, pero esbocé una sonrisa. «Llegamos tarde a nuestra reserva», dije, tratando de mantener la voz lo más tranquila posible. «Vamos a comer, y les prometo que la espera merecerá la pena».

«Oh, lo sabemos», dijo Karter. «Pero lo que Holden intenta decir es...».

Le puse el dedo sobre los labios. «Vamos a comer. Y más tarde, dejaré que me coman a mí».

Las mejillas de Karter se sonrojaron, cerrando los ojos con anticipación, pero yo no me quedé. Quería salir de allí. Necesitaba la distracción de la comida para poder seguir adelante y, más tarde, cuando volviéramos a la habitación, podría esconderme detrás del sexo y dejar de lado todas las estúpidas fantasías, esperanzas y sueños que habían empezado a colarse por los bordes, a pesar de toda mi resistencia.

El hotel de al lado no estaba lejos, y el aire de la tarde era cálido y olía a flores. Al principio, los chicos estaban callados, pero luego, tras intercambiar una mirada, volvieron a sus bromas habituales.

«Recibí un mensaje de los chicos de casa antes de salir». dijo Holden. «Decker me informó que deberíamos ir a un espectáculo de ping pong, pero no creo que se refiriera a lo que hicimos con Connie la primera noche».

«¿Quiere que vayas a ver a mujeres disparando pelotitas de plástico con el coño?», pregunté.

Karter puso los ojos en blanco. «Esto es lo que la gente cree que es Tailandia».

«¿Le dijiste que estabas demasiado ocupado follándote a la dama de honor?».

Holden negó con la cabeza. «¡Cómo hablas, Connie! No, no le dije una mierda».

«Quizás pueda probar lo del ping pong, al estilo tailandés», me reí.

«Esta noche solo va a salir una cosa de tu coño, y será húmeda y pegajosa», dijo Harris. Su mano agarró mi culo y lo apretó, al instante sentí que me quemaba por dentro.

Dejamos de hablar de cosas obscenas al entrar en la recepción. Kane pidió indicaciones y acabamos en un precioso restaurante con vistas a un océano negro como la tinta. Iluminado por pequeñas luces y velas, era un escenario realmente romántico. Nos dieron una mesa redonda y, como tenían un menú fijo, empezaron a llevarnos pequeños platos con los entrantes tailandeses más deliciosos. Los pequeños pasteles de cangrejo que Kane me sirvió en la boda estaban allí también, junto con gambas especiadas y costillas pegajosas.

Nos pusimos a comer y la conversación volvió a girar en torno a nuestro hogar.

«¿Cómo te sientes con respecto a volver a casa?», preguntó Karter.

Triste. Ansiosa. Resentida. Me invadían muchas emociones negativas. «Me siento bien», respondí en su lugar. «Ha sido increíble, pero ahora que tengo mi pasaporte, voy a viajar con más frecuencia».

Karter asintió y miró a su gemelo. «¿Qué harás en tu día extra sin mí?», le preguntó.

«Dormir para recuperarme del agotamiento sexual», dijo Kane, moviendo las cejas.

«Comer para reponer fuerzas», añadió Karter. Estaba muy agradecida por su humor. Era como si hubieran leído mis intentos por mantener un tono ligero y estuvieran haciendo exactamente lo que necesitaba.

«Creo que el espectáculo de ping pong suena divertido», dijo Harris, y yo fingí darle un puñetazo en el brazo.

Holden se metió un pastel de cangrejo en la boca. «No será lo mismo sin ti, Connie. Has hecho que estas vacaciones sean mejores de lo que podríamos haber imaginado».

Harris se encogió de hombros. «No sé. Yo tuve mucho más sexo en mis vacaciones imaginarias».

Esta vez sí que le di un puñetazo en el hombro y él se rio, tomándoselo como si le hubiera hecho daño. «Bueno, nada te impide tener más mañana», dije, como si la idea no me partiera el corazón en dos. «¿Pedimos más bebidas?». Hice una señal al camarero, elegantemente vestido, que se acercó a nuestra mesa rápidamente. «¿Nos trae diez chupitos de tequila, por favor?».

Karter levantó las manos. «Espera, Connie. ¿Diez chupitos?».

«Uno por las vacaciones y otro por el camino para cada uno», dije, asintiendo para confirmar el pedido.

«Y eso es todo. Quiero poder recordar esta noche, no dormirme con saliva de tequila cayéndome por la boca».

«Qué imagen tan sexy», le dijo Kane a su gemelo.

«El tequila puede ser letal. Recuerda Miami».

Kane negó con la cabeza y bajó la mirada al recordar. «Prefiero no hacerlo, gracias», dijo. «Bueno, ahora quiero que me cuenten todo sobre Miami». Descansé la cara entre las palmas de las manos, apoyadas en los codos, que a su vez descansaban sobre la mesa, y parpadeé con los ojos muy abiertos.

«Kane se emborrachó tanto que vomitó en una maceta ornamental en un hotel de cinco estrellas. Luego se derrumbó en el pasillo fuera de nuestra habitación, y era como un peso muerto. Nosotros también estábamos borrachos, y ninguno tenía fuerzas para levantarlo, así que sacamos su almohada al

100

pasillo». Karter empezó a reírse maniáticamente, así que supuse que había más historia.

«Luego le quitamos los pantalones y le metimos el pulgar en la boca, cubriéndole la cara con una manta, para que pareciera un niño pequeño durmiendo la siesta».

«Y me dejaron así toda la noche», dijo Kane, sacudiendo la cabeza. «Me desperté con dos hombres de negocios japoneses de pie junto a mí. Creo que uno me pinchó para ver si todavía estaba vivo».

«Sí», dijo Holden. «Probablemente lo hicieron porque estabas tumbado con la cara en tu propio vómito».

Levanté las manos, con las palmas hacia delante. «Demasiada información, chicos. Demasiada información».

«Bueno, tú has preguntado por la historia», dijo Kane, haciendo una mueca. «Desde luego, no fue mi mejor momento».

«Todavía tenemos fotos, si quieres verlas», dijo Karter con una sonrisa. Siempre tan cariñoso con su hermano.

«¿Alguna vez te has emborrachado así?», preguntó Harris.

«Nunca tan borracha como para dormir entre mis propios fluidos corporales», respondí. «Pero Natalie y yo tuvimos algunas noches divertidas».

«Seguro que sí», dijo Holden. «Tengo la sensación de que Natalie es una persona misteriosa».

«En realidad, antes de que se juntara con tus primos, siempre era un poco reprimida. Pero el suficiente alcohol podía sacarla de su caparazón».

«Apuesto a que sí». Karter me apretó la mano como si la idea de que yo lograra que Natalie hiciera cosas fuera de su zona de confort habitual fuera algo que marcara una gran amistad. Quizá lo fuera. Quizá, enseñar a nuestros amigos a liberarse de sus ataduras fuera algo más grande de lo que pensaba. ¿Es eso lo que Natalie había hecho por mí? Antes de estas vacaciones, había fantaseado con este estilo de vida, pero nunca creí que pudiera ser algo más que una fantasía. Si Natalie no hubiera encontrado a sus hermanastros, definitivamente yo no hubiese estado bebiendo tragos de tequila con estos cuatro hombres que compartirían mi cama en una hora. Supongo que hemos sido buenas la una con la otra a lo largo de los años.

Fui la primera en tomar un chupito y seguimos el ritual, preparando nuestras manos con sal y agarrando finas rodajas de limón. Era divertidísimo ver las caras de asco de los chicos mientras se bebían los dos chupitos uno tras otro.

Mi cabeza comenzó a girar casi de inmediato; dos chupitos era la cantidad perfecta para liberar todas nuestras inhibiciones. Debajo de la mesa, la mano de Holden me acariciaba el muslo y entre mis piernas. Enganchó su pie alrededor del mío, halándolo hacia él para que mis piernas se abrieran lo suficiente como para comprobar si decía la verdad sobre no llevar bragas. Desde arriba de la mesa, nunca se sabría lo que estaba pasando. Seguí la conversación, que ahora había pasado a otra historia de vacaciones en la que Karter hizo el ridículo. Me reí en los momentos adecuados mientras el dedo de Holden rodeaba lentamente mi clítoris. Se unió a la historia como si fuera su único centro de atención, con la mano haciendo su magia en secreto bajo la mesa. En un segundo estaba mojada, deseando su pene, sus dedos y su boca. Pero estábamos en público y esto ya era demasiado arriesgado.

El camarero trajo los platos principales —platos rebosantes de fideos sedosos y cuencos casi desbordantes de colorido curry y arroz blanco puro— y yo no dejaba de morderme el labio, deseando que Holden terminara lo que había empezado, pero temiendo correrme y no poder controlarme. Me acomodé en mi asiento, abrí más las piernas y Holden me penetró con dos dedos tan lentamente que casi me hizo gemir.

Casi.

Pero el pequeño soplo de aire que salió de mi boca fue suficiente para llamar la atención de Karter. Noté que miró hacia mi regazo, que convenientemente estaba cubierto por una gran servilleta blanca. Entonces su mano se deslizó por mi otro muslo y se unió a la mano de su hermano en la parte superior de mis piernas. Una sonrisa burlona se dibujó en sus labios y vi cómo sus ojos se encontraron con los de Kane al otro lado de la mesa. «Parece que Holden no ha podido esperar hasta después de la cena». Todas las miradas se centraron en mis mejillas, ahora evidentemente sonrojadas mientras me retorcía con los deliciosos y gruesos dedos de Holden dentro de mí.

«Está a punto», anunció Holden con una voz ronca que solo aparecía cuando estaba excitado.

«Hazla correrse», pidió Harris, y su gemelo golpeó mi clítoris con fuerza. Me corrí como un río, con la boca abierta, los ojos cerrados con fuerza, mientras todos me miraban. Dios mío. Realmente había dejado mi vergüenza encerrada en la maleta estos últimos días. Holden sacó sus dedos de mí coño y yo apreté los muslos por si Karter tenía la idea tonta de seguir los pasos de su hermano. Definitivamente, no podría soportar más.

«No sé tú», dijo Holden, llevándose los dedos a la boca, «pero yo estoy muerto de hambre. Comamos y luego pasemos al postre».

16

Esta vez, me taparon los ojos antes de cerrar la puerta y me levantaron del suelo, llevándome en la oscuridad hasta que volvimos a salir al aire de la noche. La tumbona de mimbre crujió al soportar mi peso y, a continuación, unas manos me agarraron las muñecas y los tobillos, encadenándolos entre sí.

Mi coño húmedo quedó al descubierto, el aire refrescaba mi excitación mientras me subían el vestido. Me sentía como un animal atado de esta manera, imaginando cuatro pares de ojos encapuchados mirándome, imaginando todas las cosas que podrían hacerme y que yo no tendría forma de detener.

Mi mente se adentró en la oscuridad hasta un lugar donde me sentía tranquila. Aquí no existían preocupaciones, ni pensamientos relacionados a no ser lo suficientemente buena, tampoco había presión por hacerlo mejor. Aquí era perfecta. Aquí me cuidaban y me controlaban.

Esta vez, no hubo preámbulos. Una lengua caliente y áspera lamía mi clítoris hinchado y yo arqueaba las caderas, totalmente desprevenida ante la oleada de sensaciones que recorría mi espina dorsal. Me bajaron la parte superior del vestido hasta dejar al descubierto mis pechos. Unos dedos pellizcaron mis pezones, seguidos por bocas que los chupaban con avidez. Me besaron la boca y luego la exploraron con unos dedos que me animaban a chupar. Finalmente, la cabeza roma

104

de un miembro erecto muy duro y gruesa se metió entre mis labios.

«Abre», ordenó una voz ronca. Supe que era Holden, pero no lo imaginaba tal y como era, con sus ojos azul océano y sus hoyuelos que destellaban cuando decía algo que le divertía. Fantaseé con que me miraba con malicia, tomando lo que quisiera de mi boca, controlando mi cabeza con los dedos que tiraban de mi pelo con demasiada fuerza.

La hábil lengua entre mis piernas se movía hacia mi abertura, empujando profundamente dentro de mí y hurgando hasta encontrar el lugar que me hacía gemir. Dios mío. Era demasiado. La tumbona crujió cuando alguien se sentó a horcajadas sobre mi cuerpo, con las rodillas a ambos lados. Mis pechos se juntaron y un pene se deslizó entre ellos, su dueño utilizaba mi cuerpo para obtener placer y tal vez observar todo lo demás que me estaban haciendo.

El pene abandonó mis labios, pero la mano no soltaba mi pelo. En cambio, me giraba la cabeza hasta dejarme de espaldas hasta que otro pene se abrió paso hasta mi boca. Me atraganté cuando llegó al fondo de mi garganta, pero luego impuso un ritmo mejor.

Entre mis piernas, un pene sustituyó a la lengua, metiéndose lentamente, con las manos presionando mis muslos aún más. Los dedos se deslizaban a ambos lados de mi clítoris y comenzaban a moverse hacia adelante y hacia atrás. Gemí alrededor de la polla que derramaba una excitación salada y dulce sobre mi lengua. Mi cabeza se giró de nuevo.

Me pellizcaron los pezones mientras se aceleraban las embestidas entre mis pechos.

«Joder», dijo alguien, y entonces mi cuello se cubrió de semen caliente, un collar de placer, mejor que cualquier joya que me hayan regalado jamás. Mi boca se llenó una vez, luego dos, y lo bebí, sabiendo que podía ser la última vez que saborearía a estos hombres que habían cumplido todas mis fantasías y que me habían dado otras nuevas para mantenerme despierta por las noches durante mucho tiempo.

Y entre mis piernas, el último hombre se hinchó, arraigándose profundamente dentro de mí, llenándome de calor mientras me hacía acabar una y otra vez.

¿Quién sabe quién podía vernos tan ocupados en nuestro placer que nada nos importaba más que esta locura entre nosotros?

Poco a poco, me soltaron las ataduras, me estiraron las caderas y me limpiaron los labios, el pecho y entre las piernas con un paño. Me arreglaron el vestido y me dieron suaves besos en la boca, que suspiraba con profunda satisfacción. Solo cuando me puede recomponer me quitaron la venda.

Quería abrir los ojos. Quería contemplar a los hombres que se suponía que iban a ser solo un medio para alcanzar un fin, una forma de satisfacer un deseo, pero me di cuenta de que no podía. Las lágrimas me quemaban por dentro porque decir adiós iba a ser demasiado difícil.

No mantuve mi corazón a salvo. No lo mantuve cuidadosamente guardado en una caja de placer físico. Dejé que mis emociones se involucraran y ahora debía pagar el precio.

«Abre los ojos, Connie», pidió Karter suavemente, sentándose a mi lado y acariciándome la mejilla. Una lágrima se deslizó por mi rostro y él la secó, atrayéndome hacia su cálido y reconfortante abrazo. «¿Te hemos hecho daño?». La preocupación en su voz me impulsó a negar con la cabeza. No quería que pensaran eso. No podría estar más lejos de la realidad, pero no podía decirle lo que sentía sin que esto se volviera imposible. Así que me tragué el dolor de mi pecho y respiré hondo. «Te quedan cuatro preguntas más».

Karter me apartó el pelo de la frente y me besó en los labios mientras sus hermanos se reunían a nuestro alrededor. «No más preguntas», dijo. «Creo que deberíamos dejarlas para mañana y dormir para recuperarnos del tequila».

Abrí los ojos y encontré sus suaves ojos plateados sonriéndome. Parpadeó, con sus largas pestañas casi demasiado bonitas para un rostro tan atractivo, y supe que él entendía lo que estaba sintiendo. Quería hacerme más fácil esta situación, y estaba tan agradecida que lo abracé y apoyé mi cara en su cálido pecho.

Sintiéndome segura.

Así es como me sentía entre estos hombres que conocieron mi cuerpo y mi corazón por igual y los cuidaban a ambos de la misma manera. Karter me tomó en sus brazos y me llevó a la villa, subiendo las escaleras. Me acostó en la cama y se echó a mi lado. Sus hermanos lo siguieron y se inclinaron para besarme uno por uno antes de alejarse. No entendí por qué solo Karter se quedó, pero sé que creyeron que era por mi bien.

Me acurruqué en sus brazos, inhalando su aroma a madera, que ahora me resultaba tan familiar. Me acarició el pelo, los brazos, la espalda, respirando suave y uniformemente, y yo comencé una guerra en mi mente que era incapaz de ganar. Las palabras descansaban tentativamente en la punta de mi lengua. Palabras que sabía que no debía pronunciar. Palabras sobre lo mucho que los iba a extrañar. Cuánto había llegado a quererlos. Cuán profundos se habían hecho esos sentimientos. Cuán vivos se sentían en mi corazón.

Palabras sobre lo que podría ser si las cosas fueran diferentes. Si no tuviera que quedarme en mi trabajo y afrontar el hecho de que necesitaba esforzarme más para tener éxito en la vida. Si no necesitara hacer más para que mi padre fuera feliz. Si Blake, el padre de los chicos, no estuviera decidido a luchar para evitar que sus hijos tuvieran nada que ver conmigo.

Tantas palabras en precario equilibrio, pero no dije nada hasta que me quedé dormida.

Lo único que se podía decir sin consecuencias era lo único que parecía correcto.

«Gracias».

17

Bangkok era una ciudad como ninguna otra que hubiera visto antes. Por todas partes, los tuk-tuks circulaban entre el tráfico y los peatones, llevando a sus pasajeros, que se sentaban de forma precaria, de un destino a otro. Los autobuses, grandes y abarrotados, circulaban demasiado rápido, expulsando gases un aire ya de por sí bastante contaminado. Me cubrí la cara con el sarong mientras arrastraba mi pequeña maleta por el mercado. Mis pulmones luchaban por respirar, pero mis ojos lo absorbían todo con avidez. A mi lado, una familia de cinco personas se subía a una sola motocicleta: el padre delante, la madre detrás con un recién nacido en brazos y, entre ellos, dos niños pequeños con el pelo negro azabache y la ropa bien planchada. Mi corazón dio un vuelco cuando se incorporaron al tráfico sin un solo casco entre todos, y casi chocaron con un hombre que llevaba una cesta en cada mano.

El aroma del ajo impregnaba el aire mientras los vendedores ambulantes freían fideos y verduras, espolvoreándolos con cacahuates triturados y jugo de lima. Me detuve a observar a un hombre que cortaba plátanos en un sartén. «¿Te gustan las tortitas?», preguntó, vertiendo una masa brillante de un cucharón grande sobre los plátanos. Las burbujas comenzaron a subir a la superficie mientras una tortita esponjosa del tamaño de un plato hondo comenzaba a tomar forma. ¿Cómo resistirse?

109

«¿Cuánto cuesta?», pregunté, rebuscando en mi bolso la moneda que aún no me resultaba familiar. El precio que me dio fue tan bajo que por un momento creí que se había equivocado, pero luego me di cuenta de que la cantidad estaba escrita a mano en un cartel sobre su cabeza.

Me sirvió la tortita de plátano en un plato de papel con un cuchillo y un tenedor de plástico envueltos cuidadosamente en una servilleta blanca barata. Me ofreció un sirope que acepté agradecida, y arrastré mi maleta, equilibrando precariamente la comida sobre un muro bajo. El primer bocado fue como un paraíso gastronómico. Puse los ojos en blanco, cruzando la mirada con el vendedor y levantando el pulgar con entusiasmo. Él me devolvió una sonrisa amarillenta y torcida.

Unas niñas guapas de unos once años, con uniformes escolares impecables, pasaron a mi lado riéndose. Una anciana sin dientes se me acercó con una bolsa de bonitos pañuelos de algodón, que vendía por menos del precio de una taza de café en mi país. Compré dos porque parecía tener unos ochenta años y debería estar sentada en casa con los pies en alto en lugar de estar vendiendo en la calle. Le di el doble de lo que pedía y me llevé el dedo a los labios, para que los demás vendedores no se enteraran. Lo último que necesitaba era que la gente me acosara para que comprara sus productos, sobre todo porque estaba sola.

Tragué otro bocado de tortita, agradecida de que el nudo de tristeza que se había formado en mi garganta se deshiciera con él.

Era difícil recordar haber despertado en mitad de la noche y ver a Karter durmiendo a mi lado. Era difícil recordar haberle tocado la mano mientras me escapaba fuera de su abrazo. Era difícil recordar haber caminado de puntillas para ver a sus hermanos dormidos en otras habitaciones. La última vez que vi a cada uno de ellos quedaría grabada en mi memoria.

Miré a mi alrededor, deseando encontrar algo que me distrajera del dolor solitario que sentía en el pecho. Una tienda

110

que vendía arte tradicional tailandés me llamó la atención. Me comí el resto de mi tortita, busqué una papelera para tirar el plato y los cubiertos, y entré en la fresca tienda con aire acondicionado.

La tienda estaba llena de cuadros, muchas copias de grandes obras de arte conocidas. Eran increíbles, pero no eran para mí. No buscaba algo que pudiera llevarme a casa. En la esquina más alejada había una exposición de arte de aspecto más tradicional. Mis ojos buscaron hasta que encontré algo que me atrajo. Era la imagen de una mujer, de espaldas al observador, con las manos sobre la cabeza, estirándose hacia el cielo. A su alrededor, estaba rodeada de remolinos apagados, que indicaban árboles y lo que podría ser el océano. Estaba pintada de forma tosca sobre madera muy lacada.

«¿Te gusta?», me preguntó una mujer detrás de mí. Me giré y vi a una joven que llevaba una gargantilla de oro y una bonita túnica de color verde pavo real.

«Es precioso», dije en voz baja.

«Te hago un precio especial», dije. Ella tenía un cuaderno en la mano y escribió una cifra razonable, pero estaba segura de que era el doble de lo que debía pagar. Le quité el cuaderno y escribí un precio más bajo, pero todavía justo. Ella asintió y sonrió disponiéndose a quitar el cuadro de la pared.

Tardó diez minutos en envolverlo en papel de seda y meterlo en una caja de cartón plana para el transporte. Le entregué el dinero en efectivo y ella sonrió. «Espero que este cuadro te haga muy feliz», dijo. «Lo pintó mi marido».

«Tu marido tiene mucho talento», respondí.

«Sí». Asintió con orgullo y me entregó la caja con las dos manos.

La acepté y sentí que es más que comprar un cuadro, era como si estuviera comprando parte de la vida de esta mujer.

111

Cuando salí de la tienda, mi teléfono empezó a sonar. Tardé unos segundos en tomarlo de mi bolso y, cuando vi que era una llamada de Natalie, suspiré aliviada. «¡Nat! Me alegro mucho de que me hayas llamado antes del vuelo».

Un tuk-tuk aceleró el motor detrás de mí y tocó el claxon ruidosamente.

«¿Dónde demonios estás?».

«Estoy comprando recuerdos en Bangkok».

«¿Tú sola?».

«Sí».

«Vaya... eres más valiente que yo. La última vez que estuve allí, fui con mis compañeros de trabajo y aún así me pareció abrumador».

Asentí con la cabeza, aunque ella no pudiera verme. «Esto es una locura, pero me lo estoy pasando muy bien empapándome de todo. ¿Qué tal la luna de miel?».

«Perfecta», dijo con una sonrisa audible en los labios.

«Claro que lo es».

«Puede que haya oído por ahí que tú también lo estás pasando de maravilla. Ponme al día con los cotilleos antes de que me muera de emoción».

«Bueno, digamos que entiendo el atractivo de los hermanos Banbury».

Natalie gritó. «Es increíble, ¿verdad? ¿Cuándo van a volver a quedar?».

Se me encogió el corazón. «Fue una aventura de vacaciones, cariño. Nos lo pasamos bien y ahora hemos vuelto a la realidad».

Natalie se quedó en silencio al otro lado del teléfono. «¿Han hecho algo malo?», preguntó. «Sabes que puedes

112

contármelo todo. Sé que ahora son como mis primos políticos, pero tú eres mi mejor amiga, y las amigas están por encima de los amigos».

«No puedo creer que esas palabras salgan de tu boca», me reí. «No, no hicieron nada malo, pero digamos que tu tío no es mi mayor admirador y que las relaciones a distancia no son lo mío».

«¿Qué dijo Blake? Juro que ese hombre se cree el jefe de todo. Intentaba que Conrad se mantuviera firme con respecto al lugar de la boda, como si él tuviera voz y voto sobre dónde me iba a casar».

«Creo que me guardaré lo que dijo», respondí. «He decidido que mi política será no repetir cosas desagradables».

Natalie se burló. «Estoy segura de que solo dices eso porque él dijo algo desagradable sobre los chicos y sobre mí. Es muy crítico».

«Bueno, no todo el mundo está preparado para subirse al autobús hacia el futuro», dije, observando a una niña pequeña que buscaba la mano de su madre mientras se abrían paso entre la multitud. Qué tierno.

«Exacto», dijo Natalie. «Bueno, admito que esperaba que tu romance de vacaciones se convirtiera en algo perfectamente permanente. Quiero decir, estaría bien no ser la única rara de la familia».

«Compartes tu rareza con tres de los hombres más guapos del mundo», me reí.

«Sí, ¿verdad?», dijo ella riendo.

«¿Qué te dijeron cuando te despediste? ¿Fue incómodo?».

Sus rostros dormidos aparecieron en mi memoria. «No fue incómodo en absoluto», dije. Natalie no necesitaba saber que yo fui la única despierta en ese momento. No necesitaba saber que mi viaje a los mercados de Bangkok fue para evitar la

113

tristeza de decir adiós a los mejores hombres con los que he tenido el placer de pasar tiempo.

«¿Y bien, de vuelta al trabajo?», dijo.

«Sí. Seguro que se me ha acumulado todo en el escritorio mientras estaba fuera. Apuesto a que nadie ha leído la lista de instrucciones que envié ni ha hecho ninguna de las tareas. Probablemente será un desastre total».

«Bueno, seguro que lo arreglas en unas horas», dijo Natalie. «Siempre has sido la persona más organizada que conozco».

La idea de tener que lidiar con una semana de trabajo tedioso me llenó de desánimo. Aunque siempre estaba arreglando los desastres de los demás, nadie me tomaba en serio para un ascenso. Para ser sincera, a veces me preguntaba si era demasiado buena en mi trabajo y por eso mis solicitudes para otros puestos habían sido rechazadas.

«Me pregunto si tus chicos les contarán a los míos sobre su romance de vacaciones», dijo Natalie.

«No son mis chicos, cariño. Y estoy bastante segura de que no verán lo que tuvimos como un romance. Creo que alguien lo describió como un *gangbang*».

Natalie respiró hondo. «No esperaba ese tipo de comentarios irrespetuosos por parte de esos chicos. No me extraña que no te entristezca volver a casa. Espero que no te hicieran sentir mal».

Ojalá pudiera decirle lo bien que me hicieron sentir sin romper a llorar. «Lo he pasado muy bien, Nat. Ahora la vida real me llama».

«¿Más tortitas?», me preguntó el vendedor que me había servido antes. Supuse que el negocio va mal si esperaba volver a servirme tan pronto. Negué con la cabeza y él puso una cara de tristeza fingida, lo que me animó un poco.

«La vida real puede ser increíble si sigues tus sueños», dijo Nat en voz baja.

«¿Y si aún no sabes cuáles son tus sueños?», le pregunté.

«Te sugiero que empieces a buscarlos. No pierdas el tiempo haciendo algo que no te llene de alegría cada día. Llevas demasiados años intentándolo en ese trabajo. Quizás sea hora de empezar a buscar algo que no te haga suspirar cada vez que hablas de ello».

«¿Suspiro?», pregunté sorprendida. Realmente pensaba que era mejor ocultando mi infelicidad.

«Suspiras muy fuerte».

«¿Puedo darte envidia diciéndote que acabo de comer la tortita más deliciosa del mundo?».

«¿Llevaba rodajas de plátano?», me preguntó Nat. Como era de esperar, ella siempre va un paso por delante.

«Sí. Voy a intentar sobornar al chico para que me dé la receta», dije. «Será mejor que me vaya. Se acerca la hora de buscar un taxi para ir al aeropuerto».

«Que tengas un buen viaje, amiga», me dijo. «Nos vemos al otro lado».

Cuando colgué el teléfono, me acerqué al vendedor de tortitas y le ofrecí comprarle la receta. Por desgracia, su inglés no era lo suficientemente bueno como para traducir las medidas, y mi vuelo estaba a punto de salir. Al final, prometí volver a Tailandia cuando mi antojo de tortitas celestiales se vuelva insoportable.

¡Cualquier excusa era buena!

18

No podía creer que hubiese pasado un mes desde que volví de Tailandia. Un mes y me sentía más atrapada en mi vida que nunca. Ayer pasé la tarde ayudando a mi hermana en su nueva casa y escuchando a mi padre hablar de lo increíble que era ella, mientras me lanzaba miradas que implicaban que sus fosas nasales se dilataban de decepción. Tenía ganas de golpear algo, pero me contuve como siempre, sobre todo porque no quería que supiera lo mucho que me afecta. Había una batalla entre nosotros que todavía me desconcertaba. Después de lo que los chicos dijeron sobre Carmella, la observaba con interés, tratando de averiguar si ellos tenían razón. ¿Estaba viviendo su vida buscando también la aprobación de papá? Si era así, lo estaba consiguiendo mucho mejor que yo.

Estaba en mi descanso del trabajo, comprando el sándwich de mi jefa en la panadería de la esquina. Juro que su pedido tiene diez instrucciones diferentes que molestan a la mujer detrás del mostrador todos los días. Siempre le explico que el pedido no es mío, pero eso no parece reducir su ceño fruncido cuando me entrega el sándwich terminado.

Estaba fuera, al aire libre, cuando mi teléfono vibró. *Desempolva tu vestido más sexy, vamos a celebrar una fiesta. Mamá y Conrad están fuera de la ciudad y nos han dado permiso para celebrar una fiesta en la playa*, decía el mensaje de Natalie.

Una fiesta en la playa. Sonaba genial. Al menos tendré algo estimulante que hacer este fin de semana. Necesitaba algo estimulante, o corría el riesgo de abrir este ridículo sándwich y dejarle a mi jefa una sorpresa escupida junto con su extraña salsa de dos tipos de mostaza y mayonesa que la pobre mujer tenía que preparar a medida.

En la oficina, mi jefa tomó el sándwich sin darme las gracias y yo volví a mi mesa para comer sola, contemplando mi vida.

Fue una estupidez por mi parte pedir pollo con salsa de chile dulce, porque los sabores me transportan a mis vacaciones y me traen recuerdos de los hermanos Banbury. Pensar en sus sonrisas, sus risas y su amabilidad debería llenarme de felicidad, pero no era así. La pérdida de todo lo que teníamos era demasiado profunda. Ni siquiera había sido capaz de sacar mi cuadro de la caja porque me recordaría demasiado a ellos. Quizás algún día pueda superar todos estos sentimientos lo suficiente como para colgarlo en la pared, pero ahora mismo no podía imaginar ese momento.

Le respondí a Natalie con un «*Me apunto... prepara el tequila*», y luego recordé que estaba embarazada, así que estaría bebiendo jugo de naranja o algo igualmente aburrido toda la noche. Tendré que encontrar a alguien que me acompañe a emborracharme y ahogar mis penas.

Natalie me llamó en cuanto vio mi mensaje. «Estoy muy emocionada», dijo efusivamente. «Deberías haber visto lo que estaban haciendo los chicos hoy. Estaban colocando guirnaldas y guirnaldas de luces de colores. Va a quedar muy bonito».

«¿Qué te llevó a organizar la fiesta?».

«El bebé», respondió. «De repente me di cuenta de que dentro de unos meses no tendríamos energía para celebrar fiestas. Además, hubo mucha gente que no pudo ir a Tailandia para la boda. Será como una especie de fiesta de consolación».

«Bueno, si te sirve de consuelo, yo estoy desesperada por algo que me anime».

«¿Te deprime el trabajo?», preguntó con verdadera preocupación.

«¿Cuándo no lo hace? Y mi estúpida vecina de arriba se ha aficionado a pasearse con tacones a las dos de la madrugada. La falta de sueño me pone de mal humor».

«Bueno, con suerte, la fiesta te devolverá tu energía».

Ojalá sea así.

Compré un vestido nuevo porque mi vestido negro favorito me recordaba demasiado a lo que siempre tendré en mente como «la noche de despedida sin bragas». Mi nueva adquisición era de color escarlata y se ajustaba a mis curvas de tal manera que me hacía sentir como un millón de dólares. Sí, mis muslos eran gruesos y sí, probablemente mi trasero se moviera cuando caminaba, pero todo eso me parecía sexy.

Llegar elegantemente tarde me pareció una buena idea, y cuando atravesé la casa y bajé a la playa, la música a todo volumen y el ruido de la gente se mezclaban. Busqué a Natalie con la mirada y la encontré junto a la larga fila de mesas que exhibían comida gourmet. «Nat», la llamé, dándome cuenta de que su barriga de embarazada era cada vez más evidente. «Ahí estás», dijo, y luego sus ojos recorrieron mi atuendo haciendo un gesto de negación. «Vas a acelerar algunos corazones esta noche, chica». Nos abrazamos y ella me miró de nuevo. «Ese vestido es increíble».

«Bueno, no todos los días se tiene la oportunidad de ser dama de honor por segunda vez».

«Tienes razón. De todos modos, aquí tenemos la comida, allí las bebidas y los hombres por allí». Natalie me guiñó un ojo y seguí su mirada, viendo primero a Kane. La forma en que mi corazón se oprimió en mi pecho me hizo dar vueltas la cabeza. Estaba tan guapo... Igual que aquella primera noche en la que me mostró la cocina tailandesa y nos enfrentamos en el tenis de mesa. Más guapo aún, porque ahora conocía su mente, su corazón y su cuerpo, y todo ello lo hacía más sexy todavía.

«Tengo que irme», dije rápidamente, mirando a Natalie con pánico. «¿Por qué no me dijiste que iban a estar aquí?».

«Pensé que lo adivinarías». respondió Natalie rápidamente. «Son los primos de Mason, Max y Miller. Estaban casi al principio de la lista de invitados».

«Pero viven muy lejos».

«Se quedarán el fin de semana», dijo Natalie. «Han venido hoy manejando».

«Dios mío». Le di la espalda a Kane, esperando que aún no me hubiese visto, y agarré mi collar con pánico. «No me despedí de ellos. Me fui sin más. Deben de odiarme».

Los ojos de Natalie escudriñaron mi rostro, con expresión preocupada. «No creo que nadie pueda odiarte, Connie. Eres una persona increíble con un corazón de oro».

«Un corazón de oro que se aleja sin mirar atrás de unos hombres que me trataron con todo respeto. Van a querer una explicación y no tengo ni idea de qué puedo decirles».

«¿Porque no entiendes la razón por la que te fuiste sin despedirte o porque te da miedo admitir por qué lo hiciste?». Mi mejor amiga me conocía muy bien.

«Lo segundo». Cerré los ojos y respiré hondo. Admitir que me alejé porque me aterrorizaba la fuerza de mis propios sentimientos no iba a simplificar la situación. En todo caso, podría complicarla. Si es que les molesta, claro. No supe nada de ellos en todo un mes. Si hubieran querido ponerse en contacto conmigo, podrían haberle pedido a Natalie mi número o mi dirección. Podrían haberme encontrado en las redes sociales. No es que me hubiera estado escondiendo precisamente.

Nada de eso ha sucedido.

«Karter le preguntó a Mason cómo estabas». Natalie se encogió de hombros como si esa pequeña afirmación pudiera cambiar algo. Supongo que era mejor que nada, pero no mucho.

«¿Y qué dijo Mason?».

«Les contó lo que sabe, que no es mucho».

«¿Y qué sabe Mason?».

«Que odias tu trabajo».

«Creo que ese dato va a quedar grabado en mi lápida. Aquí yace Connie Franks. Odiaba su trabajo».

Natalie me dio un puñetazo en broma en el hombro. «Deja de hablar de la muerte, por favor. Esto es una fiesta. De hecho, tenemos que conseguirte algo de alcohol. Creo que nunca te había visto tan tensa».

El alcohol sonaba increíble. Exhalé un largo suspiro que no había notado que estaba conteniendo y eché un vistazo a mi alrededor. Había mucha gente y no veía a nadie de los Banbury. Por ahora, estaba a salvo.

«Toma». Natalie me pasó una copa de champán de tallo largo. «Necesitas alcohol burbujeante para celebrar. Bébetelo de un trago y te traeré otro. Tenemos que empezar la fiesta».

Hice lo que me indicó y las burbujas crearon en mí un efecto efervescente, cuya intensidad me hizo fruncir el ceño. La segunda copa me entró más fácilmente.

Justo cuando iba por la tercera, unos brazos me rodearon por detrás. «Disculpa, Natalie, pero Connie tiene que venir con nosotros».

La voz de Holden se instaló sobre mi piel como leche caliente, pero las lágrimas me quemaron la garganta. Había dicho «nosotros». ¿Estaban todos detrás de mí, esperando como un magnífico muro de ladrillos sólidos y fuertes? Un ancla para mi alma vacilante.

«Aceptaré siempre y cuando me la devuelvas sana y salva», dijo Natalie, levantando las cejas con una mezcla de preocupación y diversión. Tuve la sensación de que ella esperaba que esa noche se produjera algún tipo de reconciliación, pero se iba a llevar una decepción. Nada había cambiado, al menos desde mi punto de vista.

Holden me giró entre sus brazos, con las manos apoyadas en mis hombros y los ojos fijos en mí. Detrás de él, se alzaban sus hermanos; guapos e intensos, me dejaron sin aliento.

Acercó su cabeza a mi oído y aspiré su aroma a jabón de limón y algo que me recuerda al bosque en primavera. «Tienes que darme algunas explicaciones, cariño».

Es el «cariño» lo que me hizo sentir un escalofrío por la espalda y el cuero cabelludo.

«Yo también me alegro de verte», dije, sabiendo que mi descaro era lo único que me quedaba para esconderme en ese momento.

«No me obligues a sacarte de aquí», dijo. Su expresión era sombría, pero una esquina de su boca se curvó hacia arriba durante una fracción de segundo, lo que me indicó que era parte de una actuación.

«Siempre el bombero», dije. Dirigiendo mi atención al resto, sonreí a Karter, Kane y Harris. Todavía tenían la piel bronceada de las vacaciones, pero se iba desvaneciendo.

«No la dejes ir», dijo Kane. «La última vez se escapó sin despedirse».

Karter me tendió la mano. «Vamos».

Tomé su mano y el contacto de su piel con la mía me recordó a cómo había sido descansar en sus brazos la última noche que pasamos juntos.

Caminamos de la mano por la playa, flanqueados por los otros hermanos Banbury. Cuando llegamos a un círculo de troncos, Karter me pidió que me sentara.

«Lo siento», dije de pronto, mientras mi trasero tocaba la madera rugosa. Se sentaron en círculo a mi alrededor, con los brazos apoyados en las rodillas. Detrás de mí, las olas rozaban la orilla, un relajante telón de fondo para lo que parecía un momento tenso.

«Te fuiste sin decir adiós», señaló Karter. «¿Por qué?».

Me incliné hacia delante, mirando la arena, sintiéndome como un niño reprendido por sus padres. «Era mejor así», dije. «Sin fingir. Sin intentar encontrar palabras para suavizar algo difícil. Nos lo pasamos bien juntos y, esa última noche, nos despedimos de alguna manera».

«El sexo no es un adiós», dijo Kane.

«Nos despertamos y no sabíamos qué te había pasado. Tuvimos que ir a recepción y descubrimos que te habías marchado», contó Harris.

«Quería que terminara con una nota alta, no con una conversación deprimente sobre cómo no podría funcionar en el mundo real».

Holden resopló. «¿Es eso lo que crees que íbamos a decir o lo que tú habrías dicho?».

Por un momento perdí el hilo de mis pensamientos, pero antes de que pudiera responder, Kane negó con la cabeza. «Sabes que puede funcionar. Tu mejor amiga y nuestros primos lo han demostrado al casarse. Todos estuvimos allí para ser testigos de su desbordante alegría».

«Lo que quiere decir es que no cree que seamos material para novios», dijo Harris. «Solo buenos para sexo de vacaciones».

«No es eso lo que quiero decir».

«Entonces sí crees que seríamos unos novios estupendos». Harris sonrió, contento por haber conseguido que admitiera algo que claramente estaba tratando de evitar.

«Por supuesto que seríamos unos novios estupendos», intervino Holden indignado.

«Quizás yo no sería una novia estupenda», dije. «Por las mañanas estoy de mal humor y mi trabajo me deprime».

«¿Y...?», dijo Karter encogiéndose de hombros.

«Acaparo las mantas y ronco cuando bebo vino, que es muy a menudo».

«Bienvenida al club», dijo Harris con un guiño.

«Vivo a kilómetros de distancia de ustedes, y las relaciones a distancia nunca funcionan».

«Eso podría cambiar», señaló Holden.

Más arriba, en la playa, alguien gritó y se rio, y mis ojos se posaron en dos chicas que se quitaron los zapatos y se metieron al mar. Esta conversación daba tantos giros que no conseguía seguir sus rápidas respuestas ni ordenar mis pensamientos. «¿Cómo?», dije, desconcertada.

«Ven a vivir con nosotros», pidió Karter de repente, con los ojos muy abiertos y esperanzados.

«¿Qué?».

«Lo que mi hermano intenta decir es que odias tu trabajo y que, si quisieras, podrías mudarte con nosotros y empezar de nuevo».

«¿Mudarme? ¿Vivir juntos?». ¿Estaba loca por pensar que ellos estaban locos? Sabía que casi cualquier mujer soltera de la fiesta hubiese aceptado esa oferta sin pensárselo dos veces. Es decir, ellos eran hermosos. Era como estar dentro de un anuncio de Calvin Klein en la vida real. No estaban aquí para ofrecerme más sexo. Estaban tratando de atraerme para que empezar una relación juntos, cuatro hombres y yo.

Cuatro hombres cuyo padre lucharía con uñas y dientes para mantenerlos alejados de mí.

«No me conocen lo suficiente como para querer eso. ¿Y si dejara mi vida y me presentara en su puerta, y después de una semana, mi pésima cocina y mi molesta forma de cantar en la ducha les dieran ganas de gritar? ¿Qué pasaría entonces?».

«No estamos buscando una chef, Connie», dijo Karter con paciencia. «Y cantar sería sin duda más bonito que molesto».

«Vale, olvida todo eso. ¿Y si todas las vibraciones felices de las vacaciones solo colorearon todo lo que creen que sienten ahora mismo, pero la realidad es diferente?».

Holden hizo en gesto de negación con la cabeza como si estuviera diciendo la mayor tontería que ha oído en su vida.

«Estás sugiriendo que no sabemos lo que sentimos».

«Estoy sugiriendo que el sexo y la felicidad de las vacaciones pueden haber nublado sus mentes».

Holden se puso en pie y se llevó las manos detrás de la cabeza, irradiando frustración. «Connie. ¿Podemos dejar de decir tonterías? ¿Qué coño tenemos que perder?».

Quería gritar: «¡Nuestros corazones!». Quería decirles que me estaban pidiendo demasiado, pero ¿era así? Solo pensar en volver al trabajo el lunes me daba ganas de cavar un agujero en la arena y enterrarme. ¿Y mi corazón? Bueno, ya estaba maltrecho desde que me había separado de estos hombres. ¿Acaso podía empeorar?

Quería decirles que tenía miedo. Miedo de que este tipo de relación fuese demasiado difícil en un mundo que repetía que un solo hombre y una sola mujer debían vivir felices para siempre y que cualquier cosa que se desviara de eso era incorrecta y pecaminosa.

124

Pero nada de eso salió de mis labios. En cambio, las lágrimas que había estado conteniendo durante cuatro semanas se derramaron de mis ojos, y Karter estaba ahí para acercarme a su regazo y rodearme con sus brazos.

«Mierda, Holden. Nunca sabes cuándo parar», le susurró. «Te dije que teníamos que ser indulgentes con ella. Somos cuatro y ella es solo una persona. No es fácil tener que enfrentarse constantemente a tantas exigencias».

«No estoy exigiendo nada». Se defendió Holden. «No lo estoy haciendo, Connie. Solo quiero que veas que las cosas que tú consideras un problema no lo son para nosotros».

«Cuéntale lo del trabajo», pidió Harris.

Sus hermanos guardaron silencio y yo me froté la cara, mirando a mi alrededor con curiosidad.

«Hay un trabajo que creemos que te encantaría. Es en nuestra ciudad, y consiste en promover la alfabetización entre los niños de cinco a dieciséis años. Trabajarías entre el ayuntamiento y organizaciones benéficas. Es todo lo que has dicho que querías hacer». La expresión de Holden era tan esperanzada que dejé escapar más lágrimas.

No se daba cuenta de lo que estaba en juego.

Necesitaba contarles sobre la conversación que había tenido con su padre para que pudieran entender todas las capas que hacían que esta decisión fuera tan difícil, pero si lo hacía, tal vez causara más problemas.

Esta situación era simplemente imposible.

«¿Qué opinas?», preguntó Karter en voz baja. Pasé el dedo por su bíceps, recorriendo el tatuaje de guerrero que tenía allí. El escudo se alzaba bajo la tela de su polo. La figura parecía estar tratando de alcanzar algo que estaba fuera de su alcance.

«¿Quién es?», pregunté.

«Aquiles», respondió Karter con paciencia.

«¿Por qué lo tienes?».

Karter me apartó un mechón de pelo de la mejilla húmeda. «Para recordarme que incluso el héroe más grande e invencible tiene una debilidad. Para recordarme que todos somos falibles».

¿Cuál era la debilidad de Karter? Quizás fuese demasiado altruista. Siente demasiado. Se entrega con demasiada facilidad.

¿Y cuál era la mía? Que, a pesar de mi bravuconería, rara vez confiaba en mí misma.

«¿Y si no consigo el trabajo?», le pregunté a Holden. Era como decirle que estaba considerando su sugerencia, aunque encontrara obstáculos para ello.

«Entonces tendrás más tiempo para descubrir exactamente lo que quieres hacer. Y más tiempo para pasar en nuestra cama».

«Parece una situación en la que todos ganamos», dijo Harris con un guiño.

«Aún no ha dicho que sí», advirtió Kane. Se acercó y me puso la mano en la rodilla. «Entendemos que es un gran salto para ti, pero pase lo que pase, estaremos ahí para apoyarte».

De repente, todos se acercaron hasta que cada uno tenía una mano apoyada tranquilamente sobre mi piel. Y dentro de mi pecho, mi corazón se llenó de una esperanza que no había sentido desde que estaba en los brazos de los Banbury, antes de subir al avión en el aeropuerto de Bangkok con mi cuadro de la mujer solitaria en las manos.

Estos hombres a los que alejé, estaban luchando por acercarme a ellos, y aunque todas las dudas que tenía seguían en mi interior, mi corazón consiguió silenciarlas.

«Tengo una petición», dije en voz baja.

«¿Cuál?», preguntó Karter.

«Quiero una cama en la que quepamos todos».

Fue como si les hubiera dado el mejor regalo de Navidad. Cuatro sonrisas iluminaron los rostros de mis chicos con alegría. Podemos hacerlo, pensé.

Tal vez.

19

No podía creer que estuviera haciendo esto. Mi pasillo estaba casi intransitable por las cajas y maletas apiladas. Había separado las llaves de la puerta principal de las del coche, y las sostenía torpemente en la mano. La planificación del día había sido un torbellino, que comenzó cuando presenté mi renuncia en el trabajo. Mi jefa quedó atónita al ver que estaba dispuesta a dejar el trabajo sin tener nada seguro a lo que recurrir. Era como si pensara que debía estar agradecida por ello. En los próximos días se daría cuenta de lo agradecida que debía haber estado por tenerme trabajando para ella. Si las cosas se desmoronaron cuando me fui de vacaciones una semana, no podía imaginar lo que pasaría ahora que no habían encontrado un sustituto para mí y no había oportunidades de hacer un traspaso en persona.

En diez minutos, cuando le haya entregado las llaves al agente, estaré de camino hacia una nueva vida, y no pensaba mirar atrás.

Holden regresó de su coche, con la cara enrojecida por el esfuerzo físico. Con su sudadera gris y su camiseta ajustada, estaba tan guapo que se me hizo la boca agua. Si no tuviéramos prisa y la cama aún tuviera sábanas, le enseñaría otras formas de ponerse caliente y sonrojado. Mi coño se apretó con avidez entre mis piernas. «¿Cómo puede una persona tener tantas cosas?», preguntó. Supuse que deseaba que sus hermanos hubieran podido acompañarlo para ayudarme con la mudanza, ¡pero no pudo ser!

Puse las manos en las caderas e incliné la cabeza de forma teatral. «Menos quejarte y más mudar. Eso si todavía quieres que me instale permanentemente en tu cama».

«Creo que deberías olvidarte de buscar trabajo. Podemos atarte a la cabecera de la cama, así siempre estarías disponible». Estaba levantando otra caja, con los bíceps deliciosamente abultados, cuando el agente apareció detrás y carraspeó. Me reí disimuladamente, sonrojándome de vergüenza. Eso era demasiada información para un hombre calvo de cincuenta años. «Connie», dijo, mirando a Holden de arriba abajo.

«Hola, Cormack. Ya casi estamos listos. Tengo las llaves. ¿Quieres empezar a comprobar el inventario?».

«Claro», respondió. Al pasar junto a mí, Holden me guiñó el ojo de forma lasciva. Era realmente terrible. Y por terrible me refiero a increíblemente sexy y perfecto.

Pasé los siguientes veinte minutos señalando lo limpio que estaba el apartamento e intentando que Cormack no se fijara en las extrañas marcas en la pintura. Al final, firmó para que me pudieran devolver el depósito y me sentí muy aliviada. Era una suma considerable y la necesitaría para mantenerme hasta que consiguiera un nuevo trabajo. Puede que estos increíbles hombres de Banbury estuvieran contentos de que me quedara en su casa, pero yo no me podía sentir cómoda si no era capaz de contribuir al menos con algo para pagar mi estancia.

Mientras sacaba la última maleta, me giré para echar un último vistazo a mi pequeño apartamento. Había pasado buenos momentos en él. Cuando Natalie se quedó a dormir porque estaba enfrentando una crisis en su relación con Mason, Max y Miller, me sentí como si volviéramos a estar en la universidad. En ese apartamento se había consumido más vino del que sería aceptable para la mayoría de la gente. Pero también me llegué a sentir sola y frustrada. Estaba feliz de dejar atrás ese lugar y, con suerte, también esos sentimientos. Pero junto a esa felicidad había una capa de terror de la que no podía desprenderme. Esto no era algo pequeño. Mudarse con un hombre es una decisión enorme. Mudarse con cuatro parecía gigantesco. Iba a estar en su territorio, invadiendo sus vidas ya establecidas. Un hecho que parecía deleitar a Holden. «Hemos vaciado un armario para ti y un cajón en el baño. Y también algo de espacio en el despacho».

«¿Y la cama?», pregunté.

«La cama es enorme», dijo. «Sin duda hay espacio suficiente para todo lo que planeo hacerte después de llevarte en brazos al otro lado del umbral».

Resoplé y levanté las cejas. Me estaba acostumbrando a lo de llevarme en brazos, pero no a cruzar el umbral. «Sabes que no nos vamos a casar, ¿verdad?».

«¿Quién necesita a un viejo y un anillo para consolidar una relación?», dijo Holden, deslizando su mano por mi cabello y atrayéndome hacia él. Oh, el beso fue simplemente... No había palabras para describir la suave calidez de sus labios o la forma en que su lengua se deslizaba sobre la mía solo una vez antes de separarse. Sentía como si acabara de meter su lengua entre mis piernas, y ahora tenía que conducir durante cuatro horas. Genial.

«Bueno, deberíamos irnos», dije. Holden me besó de nuevo, pero esta vez fue un beso firme en los labios.

«Sígueme», dijo. «Pararemos a comer algo y para ir al baño, pero por lo demás, nos pondremos en marcha».

Abrió la puerta de mi Corolla plateado, que había visto días mejores, y esperó mientras me abrochaba el cinturón.

«Conduce con cuidado», me dijo, inclinándose para lanzarme una sonrisa que me derritió las bragas. «Necesito que llegues de una pieza para poder hacerte cosas obscenas más tarde».

130

«Oh, conduciré como Miss Daisy durante todo el trayecto».

Holden se subió a su camioneta y pronto estuvimos en la autopista, dejando atrás mi ajetreada vida en la ciudad por algo con mucho más encanto de pueblo pequeño. Al menos, eso es lo que esperaba.

El viaje se estaba haciendo largo y empezaba a sentirme adormilada, pero entonces Holden se detuvo en un drive-thru para comprar una hamburguesa y descansar. Estaba tan feliz que podría besarlo. Me llamó por teléfono para tomar mi pedido y pagar todo, lo cual fue muy caballeroso de su parte. No estaba acostumbrada a que me cuidaran, y se sentía bien. No es que fuera una persona motivada por el dinero y los regalos, pero había algo profundamente anticuado que parecía haber quedado en mi ADN de una época pasada y que disfrutaba de que mi hombre me alimentara.

¿Quién diría que era tan cavernícola?

Nos quedamos un rato para estirar las piernas después de limpiarnos la grasa de la hamburguesa de la boca, y luego seguimos nuestro camino.

Esta vez, Holden se quedó al teléfono conmigo y tuvimos las conversaciones más divertidas, que siempre empiezan con «¿preferirías?» y terminan con dos opciones terribles a las que esperaba no tener que enfrentarme nunca.

«¿Prefieres lamer el pie de un desconocido o comerte sus mocos?», dijo Holden, con la voz llena de alegría ante el horror de la pregunta.

«¿De dónde sacas estas ideas?», me quejé. «Es decir, podrían tener los pies cubiertos de hongos o queso entre los dedos. O piel que parece parmesano agrietado».

«Claro que sí. He visto pies asquerosos en mi vida, rescatando a gente de la bañera».

131

«Dios mío. Ni siquiera había pensado en eso».

«Y sus mocos podrían estar asquerosos...».

No le dejé terminar y le grité «La la la» mientras intentaba asquearme aún más.

«Cantar por encima de mí, con una voz sorprendentemente desafinada, no forma parte del juego, Connie», dijo con aire de suficiencia. «Tienes que responder a la pregunta o perderás».

«¿Y en qué consiste la penalización?».

Él se rio con malicia. «Voy a necesitar tiempo para pensarlo, Connie. Todas las cosas que se me ocurren me parecen demasiado placenteras».

«Me gusta lo placentero. Es mucho mejor que los pies y los mocos».

«Sí, pero las penalizaciones no se supone que sean mejores que lo que estás renunciando, ¿verdad?».

«Pero podrían serlo. Solo estamos tú y yo aquí. Nadie más lo sabrá».

«Es cierto», se rio él. «Vale, bueno, quizá entonces pueda ser egoísta».

«Egoísta... eso no suena placentero».

«Bueno, para mí sí lo sería».

«Solo dilo y yo decidiré». Suspiré teatralmente y Holden se rio de nuevo. Realmente tenía una risa obscena, y me encantaba.

«O respondes a la pregunta o, cuando lleguemos a la casa, te quiero de rodillas. Vas a chuparme el pene hasta que me corra en tu garganta. La elección es tuya».

Cálmate, corazón mío. Si creía que esa perspectiva era un castigo para mí, no había entendido lo que me excita. Solo la idea de servirle de esa manera hizo que mi coño se calentara y me doliera.

«¿Me sujetarás la cabeza y controlarás la profundidad?», le pregunté, con la voz prácticamente empapada de sexo.

«Te haré llorar».

Mierda. Este hombre sabía exactamente lo que necesitaba oír. «¿Y me atarás las manos a la espalda?».

«Por supuesto», dijo en voz baja. «Te convertiré en esclava de mi pene».

«¿Y me dejarás correrme?», le pregunté.

«No», responde. «Te llevaré al límite, pero tendrás que esperar a que mis hermanos vuelvan a casa para darte ese alivio».

Gemí larga y profundamente, las imágenes que él estaba creando se volvieron casi reales en mi mente. «Me rindo. Me rindo».

«Por supuesto que sí». La voz de Holden era relajante, como el roce de una mano cálida sobre mis nalgas desnudas. Quizás debería insistir en estar desnuda para todo lo que me había prometido, y con los ojos vendados. Quizás ni siquiera tenga que pedirlo.

«¿No puedes conducir más rápido?», pregunté.

«Paciencia, cariño». Sus ojos se encontraron con los míos en el espejo retrovisor y me saludó con la mano. Si no estuviéramos en una carretera principal, le sugeriría que nos detuviéramos y aliviáramos nuestra tensión sexual. Pero esperar lo haría mucho más dulce.

El cartel de «Hope Springs» era grande y estaba descolorido. Me sentía como si estuviera entrando en otro mundo mientras conducíamos por la pintoresca calle principal. Pasamos por una carnicería antigua y una barbería que parecería sacada de una película de Elvis. Había un pequeño mercado con bandejas de frutas y verduras frescas en el exterior y un restaurante antiguo con una hamburguesa gigante y un helado *sundae* parpadeando encima.

No pasamos por la estación de bomberos, pero mantuve los ojos bien abiertos, fascinada por saber adónde iban mis chicos a trabajar cada día y dónde estaban tres de ellos en aquel momento. Al menos, eso creía. Si había un incendio, podrían estar arriesgando sus vidas.

Un escalofrío me recorrió el cuerpo. Hasta ahora, no había pensado mucho en sus trabajos, aparte de su valentía al elegir la carrera de bomberos. Ahora los imaginaba entrando en edificios en llamas, enfrentándose a un peligro terrible, y no era una sensación agradable.

Más adelante, Holden giró por una pequeña carretera. Allí había tres propiedades, todas en grandes parcelas, y la camioneta de Holden se detuvo en la entrada al final.

La casa estaba construida con madera blanca, era preciosa, tenía un gran porche delantero y una puerta tan enorme que, cuando me acerqué, me hizo sentir como Alicia en el País de las Maravillas después de beber la poción que la encoge. El jardín era muy bonito, lleno de árboles y macetas rebosantes de flores. O les encantaba la jardinería o pagaban a alguien para que lo cuidara. Tampoco me los imaginaba como aficionados a la jardinería, y una creciente sensación de pánico se apoderó de mí.

Me estaba mudando y no los conocía lo suficiente. No tenía ni idea de las cosas importantes.

Estacioné mi Corolla y abrí la puerta de un golpe, respirando profundamente para intentar tragarme mi ansiedad.

«Ya estamos aquí», señaló Holden, saltando de su camioneta. «Hogar, dulce hogar».

«Es muy bonito», dije, esbozando una sonrisa forzada. «¿Quién es el que tiene mano para las plantas?».

«Harris», respondió Holden, asintiendo con la cabeza y poniendo de repente cara seria. Esperaba que se riera. ¿Por qué no bromeaba sobre los pasatiempos de su hermano, tan propios de un anciano? Otra cosa más que no podía explicar porque no sabía lo suficiente.

«¿Descargamos la camioneta?». Rodeé la parte trasera del gran vehículo negro de Holden, pero él me agarró del brazo.

«No tan rápido, señorita. Creo que dejaremos que mis hermanos descarguen. Tengo intención de cobrar la multa ahora mismo». Me levantó en brazos, como si fuera una novia, y consiguió abrir la puerta principal sin torpeza, mientras yo miraba a mi alrededor el lugar que estaba a punto de convertirse en mi hogar. Ante nosotros se extendía una enorme zona diáfana que incluía la cocina, con armarios rústicos de roble, el comedor con una larga mesa y sillas a juego, y la sala de estar. Los sofás parecían increíblemente cómodos y la televisión era casi del tamaño de una pantalla de cine. Era lo que esperaba de cuatro solteros. Más sorprendente aún era la gran estantería llena de libros que ocupaba toda una pared.

Increíble.

«Puedo caminar», le dije a Holden, deseando estar de pie para poder pasar mis manos por los lomos de esos libros y empaparme de las historias que inspiraban a esos hombres. Toda esta experiencia era como abrir un libro por la mitad e intentar descifrar la historia hasta ese momento solo a partir de las páginas que se veían.

«No puedes caminar», dijo. Finalmente me bajó, sobre una alfombra mullida en la que se hundían mis botas. «Desnúdate, ahora vuelvo». Sus ojos se clavaron en los míos, buscando mi consentimiento, y yo parpadeé ante su intensidad.

«De acuerdo», susurré, y él asintió antes de alejarse y subir corriendo las escaleras de madera hasta el último piso. Mi camisa rosa tenía botones pequeños y mis dedos parecían salchichas gigantes mientras intentaba desabrocharlos torpemente. Mis vaqueros holgados, estilo mamá, me colgaban bajos de las caderas y solo hacía falta desabrochar un botón para poder bajármelos. En sujetador y bragas, estaba expuesta y vulnerable, exactamente como ansiaba sentirme.

Tardé más en quitarme la ropa interior, con las manos agarradas al tejido a ambos lados del cierre y haciendo una pausa. Era de día y estaba de pie en un lugar extraño a punto de desnudar todo mi cuerpo. Era una locura.

Pero la locura era buena. La locura me hacía vibrar de energía y me llenaba de sensaciones. La locura me hacía querer hacer cosas que incluso a mí me sorprendían.

Estaba empujando los lados de mis bragas cuando Holden regresó, agarrando un trozo de tela. Había encontrado algo para taparme los ojos y algo para atarme los brazos, tal y como prometió.

«Desnuda», dijo con brusquedad.

Cuando mis bragas llegaron a mis tobillos, enderecé los hombros y lo miré desafiante. Mis pezones se endurecieron con el aire frío.

«De rodillas», dijo, dejando caer la tela más estrecha sobre el sofá. No perdió tiempo en vendarme los ojos, alisándome el pelo mientras lo hacía. En la oscuridad, lo sentí más cerca, como si mi piel pudiera percibir su proximidad. Sus pantalones crujieron suavemente mientras se movía detrás de mí, agarrándome las muñecas y atándolas. Cuando terminó, comprobé mis ataduras y las encontré cómodas pero firmes. No podría romperlas, aunque lo intentara con todas mis fuerzas.

La alfombra se sentía suave contra mis rodillas. Abrí las piernas, en parte para mantener el equilibrio y en parte porque

136

mi coño estaba caliente y necesitado. Quizás así, Holden sintiera compasión de mí y me tocara allí.

Pero no lo hizo.

Algo rozó mi boca me preparé, esperando que fuera su miembro erecto. En cambio, ejerció un poco de presión, abriéndome la boca con el pulgar.

«Estás perfecta así», murmuró. «De rodillas y lista para servir».

Asentí con la cabeza, con la voz demasiado atrapada en la garganta para responder.

«Me gusta darte lo que necesitas», dijo. «Porque lo necesitas, Connie, ¿verdad?».

Volví a asentir y le oí suspirar de placer. Empujó su pulgar contra mi lengua y más profundamente dentro de mi boca, probándome. No tenía que preocuparse por saber si era capaz de aceptarlo. Creo que ya había demostrado mis habilidades, pero quizá le gustara esta lenta escalada; controlar mi cuerpo y dejar que mi mente buscara cualquier indicio que pudiera captar mis otros sentidos.

Si pudiera ver su rostro, ¿cómo sería? Apuesto a que sus ojos azules estaban oscuros, con las pupilas dilatadas por la lujuria. Apuesto a que su expresión seria y la barba incipiente en la barbilla lo harían parecer más malo y peligroso de lo que realmente era. Apuesto a que mis ojos se fijarían en sus abdominales marcados y en la redondez de sus pectorales, y mi mente se desmayaría.

Mis dedos ardían con ganas de tocarlo, curvándose y moviéndose entre sus ataduras.

Las manos de Holden recorrieron mi cabello. «Es la hora», dijo con voz ronca, y entonces su pene se abrió paso entre mis labios y se adentró profundamente en mi boca. Agarrándome, me inclinó la cabeza para poder empujar hasta mi garganta, retirándose rápidamente antes de que tuviera oportunidad de atragantarme. Con embestidas más superficiales, tuve la oportunidad de aclimatarme, saboreando su gusto y su olor, temblando ante el control que ejercía. «Eso es», dijo suavemente mientras repetía el proceso, siseando cuando mi garganta se cerraba alrededor suyo, succionándolo con fuerza.

Mis ojos comenzaron a lagrimear detrás de la venda, pero no me importaba. Toda mi conciencia se centraba en el escozor de mi cuero cabelludo y el temblor de sus muslos.

Si sus hermanos estuvieran aquí ahora, podrían chuparme los pezones y tal vez acariciar mi clítoris. Los deseaba, incluso mientras disfrutaba de la pureza de la conexión entre Holden y yo.

«Eso es», dijo de nuevo, y noté que se estaba acercando. Su pene se hinchó, el sabor de su excitación aumentaba con su placer. Me preparé para que se corriera, imaginando que perdería el control y empujaría profundamente en mi garganta, pero no lo hizo. En cambio, se retiró lo suficiente para que pudiera respirar mientras se corría, tragándolo mientras jadeaba de placer.

Y yo casi me corrí también, desnuda y de rodillas.

El sonido de la respiración de Holden parecía exagerado en el silencio de la casa. Me hundí hasta que mi trasero descansó sobre mis talones, y bajé la cara, inhalando y exhalando profunda y lentamente. Oh, Dios mío. Este hombre me entendía tan bien. O tal vez lo que yo necesitaba es lo que él también necesitaba. ¿Podría ser realmente que me hubiese topado con cuatro hombres que encajaban conmigo como piezas de un rompecabezas?

«Tienes dos opciones», dijo Holden en voz baja, acariciándome la mejilla con su grande y cálida mano. Puedo desatarte y puedes vestirte, y puedo enseñarte la casa mientras esperamos a mis hermanos, o puedo atarte a la cama de arriba y esperar a que regresen en la oscuridad».

Aún estaba debatiendo mi respuesta cuando una llave giró en la cerradura.

Parece que la espera había terminado.

20

«Joder», dijo una voz grave mientras el sonido de unos pasos sobre el suelo de madera me indicaba que los hermanos de Holden habían llegado a casa.

«Te dije que Holden no era el más adecuado para ir a recoger a Connie. La puso de rodillas antes de hacerla sentir como en casa», dijo Karter.

«Así es como Connie se siente como en casa», señaló Holden. «Solo le estaba dando a elegir».

«¿A elegir qué?», creo que fue Harris quien preguntó. «Parece que ahora mismo no tiene opciones».

«Le pregunté si quería vestirse y hacer un recorrido o quedarse desnuda y esperar a que llegaran».

«¿Y qué respondió?», preguntó Kane.

«Aún no lo ha hecho».

«¿Connie?».

Ahora ocho pares de ojos debían estar fijos en mí, esperando, y no sabía qué hacer. Estaba muy excitada, pero también me apetecía vestirme y relajarme con los chicos. ¿Qué podía elegir?

«Creo que Connie necesita vestirse. Tenemos toda la noche para volver a quitarle la ropa, y no sé, chicos, pero yo necesito una ducha antes de acercarme a nuestra nueva y preciosa compañera de piso». Karter siempre pensaba de forma práctica.

«Pero está tan perfecta así. Podría pasar mi lengua entre sus piernas, solo para probarla», dijo Kane.

«Una prueba no será suficiente», se rio Harris, y me sorprendí lo bien que podía identificarlos por sus voces.

«De hecho, necesito ir al baño», dije, con la esperanza de aligerar el ambiente, y funcionó. La habitación se llenó de risas y Holden me quitó la venda, acariciándome suavemente la mejilla. Parpadeé ante la luz brillante y vi a mis cuatro hombres rodeándome. Cuando Holden me quitó las ataduras de las muñecas, sonreí ampliamente.

Karter tomó mi ropa interior y Kane la camisa y los vaqueros. Me vestí delante de ellos, notando cómo sus ojos ardían de excitación y los evidentes bultos en sus pantalones. Tenían que contenerse mucho para no abalanzarse sobre mí inmediatamente, pero eso solo me hizo sentir aliviada.

Para ellos, esto no era solo sexo. Se trataba de construir una relación. Se trataba de crear una vida que no me dejara con una sensación de desánimo cada vez que pensara en volver a casa.

«¿Quién me va a enseñar dónde está el baño?», pregunté mientras abrochaba el último botón de mi blusa.

«Yo», dijo Karter. «Por aquí».

Detrás de las escaleras había una puerta que daba a un lujoso cuarto de baño para invitados, al estilo de un hotel, con suelo de baldosas de pizarra y tocador de mármol. Cuando tranqué la cerradura, me miré en el espejo y luego levanté las manos, apoyando la frente en las palmas.

Estaba aquí de verdad, pensé. Lo había hecho de verdad. Y ahí fuera había cuatro hombres que ahora son mis novios. Quiero decir, la gente no vive con sus amigos con derecho. A los amigos con derecho se les llama a las dos de la madrugada cuando vuelven a casa del club. Las novias tienen su propio armario y un cajón en el baño. Las novias tienen una sección para archivar sus documentos en la oficina.

Los novios conducen durante horas para recoger las pertenencias personales de sus novias. Los novios eligen pasar el rato con sus novias en lugar de optar por el sexo.

Cuatro novios. Vaya.

Mientras orinaba, trataba de imaginar que este era mi baño, que la sala de estar se convertiría en un lugar donde me iba a sentir totalmente a gusto. ¿Podría ser así? ¿De verdad?

Después de lavarme las manos, volví al espacio diáfano y encontré a Holden en el sofá viendo deportes. «Se están bañando todos. ¿Hacemos la visita ahora?».

«Suena bien».

«Vale».

Holden me llevó a la cocina y se tomó su tiempo para mostrarme dónde están las cosas en los armarios. O bien no recordaba que les advertí sobre mi falta de experiencia en la cocina, o bien esperaba que estuviera bromeando. Abrió la puerta que daba al jardín y el espacio exterior me dejó sin aliento. Había una gran terraza cubierta, bordeada de macetas con plantas, y un espacio con césped rodeado de árboles maduros que bloqueaban la vista más allá. Era privado y perfecto. En una esquina de la terraza había un jacuzzi.

«Esta es mi parte favorita de la casa», dijo Holden. «Por la tarde, esta zona está a la sombra, y si estoy aquí, cojo una cerveza, un libro y me relajo.

«He visto los libros que hay ahí. ¿Son todos tuyos?».

«Karter y yo somos los que más leemos, pero los demás también lo hacen. Nuestra madre era una gran lectora. Era profesora de inglés».

«Vaya, qué bien». No se me escapa el «era» de su afirmación. En todas nuestras conversaciones anteriores, habían mencionado a su padre de pasada, pero nada sobre su madre. Estaba a punto de preguntar, pero algo en la forma en la que Holden se giró para mirar al jardín después de mencionarla, metiendo las manos en los bolsillos, me hizo pensar que no era el momento adecuado. Si falleció, tal vez aún sea muy reciente. No quería abrir ninguna herida.

«¿Quieres enseñarme el piso de arriba?», le pregunté, metiendo mi mano en el hueco de su codo.

Se giró y me miró con sus grandes ojos azul zafiro, que parecían más llorosos de lo habitual. «Claro. Vamos a explorar el resto».

Le solté el brazo y le seguí de vuelta a la casa, subiendo las escaleras y fijándome en todo. Había fotos por todas partes. Imágenes de los hermanos de niños sentados en un escalón de madera; fotos descoloridas en las que apagan las velas de unos pasteles de cumpleaños idénticos, vestidos con petos a juego; fotos posteriores en playas y bares, con los brazos alrededor de los hombros del otro. Siempre parecían estar juntos, como una gran familia feliz.

Y en lo alto de las escaleras, había una foto nuestra: la selfie tomada en Tailandia en la que aparezco con los ojos brillantes y radiante de felicidad.

«Me encanta esa foto», dije en voz baja, acariciando el marco plateado que eligieron para ella.

«A nosotros también», dijo él, atrayéndome hacia su pecho. «Ahora este es tu hogar, Connie. Puedes colgar fotos y hacerte sentir como en casa de la forma que prefieras. Queríamos demostrarte lo mucho que deseamos que formes parte de nuestras vidas».

Miré a Holden, sin saber muy bien qué responder. Esta casa está llena de su pasado. No sería tan sencillo colgar fotos en la pared para que me sienta como en casa, pero su

143

amabilidad al respecto hizo que mis nervios por estar aquí se calmaran un poco.

«Vamos. Te enseñaré las habitaciones».

La primera puerta a la izquierda estaba abierta y Holden esperó a que pasara. «Esta es mi habitación», dijo. Pintada en azul marino oscuro, con una cama de madera maciza de mango, era masculina y atrevida. Todo estaba ordenado, desde el edredón geométrico hasta los tres cojines decorativos alineados contra el cabecero. Tenía una persiana de lamas blancas para proteger del sol y unas fotos en blanco y negro colgadas en una pared. Me acerqué para verlas con más detalle. Creo que eran imágenes de su madre con todos sus hijos, deliciosamente descoloridas, lo que les daba un aire nostálgico.

«Son preciosas», dije. «¿Cuál eres tú?».

«No tengo ni idea», respondió. «Ninguna de las fotos estaba marcada, así que todas las de Harris y yo se mezclan».

«Es bonito y un poco triste», dije.

«Supongo que mamá lo sabría. Le pregunté a papá, pero él solo me preguntó por qué me molestaba si había pasado tanto tiempo».

«Es la típica respuesta de un padre», dije.

«Quizás». Holden negó con la cabeza al mismo tiempo, como si no se creyera sus propias palabras. «No pretendo ser el tipo de padre que no se interesa por saber cuál de sus gemelos aparece en cada foto».

Tomé su mano, sin dejar de mirar las fotos. «No puedo imaginar que seas ese tipo de padre. Y, para que conste, creo que este eres tú». Señalé una foto de un bebé sentado en las rodillas de su madre con expresión seria.

Él se rio y la miró más de cerca. «¿Qué te hace decir eso?».

«Es solo que... este bebé tiene tu aura. Ese otro se parece más a Harris».

144

«¿Crees que yo soy serio y Harris es alegre?».

«Creo que ambos pueden ser ambas cosas, pero tú siempre estás más atento que Harris. Eso es lo que veo aquí. Incluso de pequeño, no te sentías seguro con la cámara ni con la persona que te hacía la foto».

Él asintió, frunciendo los labios, pensativo. «Puede que tengas razón».

Se oyó un golpe sordo en el pasillo y Harris apareció en la puerta. «¿Estás teniendo la visita guiada?».

«Sí», respondí. «¿Quieres enseñarme tu habitación?».

«Claro», dijo. «Aunque mi habitación está a punto de convertirse en nuestra habitación». Holden me siguió mientras yo iba detrás de Harris. «Tenía la habitación lo suficientemente grande como para poner la cama gigante». Se giró, sonriendo ampliamente. «El chico de la tienda estaba intrigado por saber por qué necesitábamos una cama tan grande».

«¿Y qué le dijiste?».

«Bromeé diciendo que tengo cinco esposas y que me gusta tenerlas a todas a mi alcance».

«¿En serio? ¿Cinco?».

«Bueno, no iba a revelar nada sobre mi vida personal real. Este pueblo es pequeño y no quería que fueras objeto de chismes antes incluso de llegar».

«Así que ahora todo el mundo va a pensar que Connie es una de las cinco», dijo Holden, poniendo los ojos en blanco. «Eso es mucho mejor».

«El vendedor no me creyó. Probablemente tampoco habría creído la verdad. Algunas personas están tan aisladas de lo que ocurre aquí fuera, en el mundo real». Harris se detuvo en la puerta. Luego me levantó y me llevó al otro lado del umbral. «Tu cama te espera, mi señora».

145

En un instante, me dejó en medio de una cama tan ancha que podría dar vueltas y vueltas sin caerme por los bordes. Era tan ancha que no había espacio para mesitas de noche, así que los chicos habían instalado estantes encima para poner una lamparita y libros. Harris se echó a mi lado y se quedó mirando al techo con las manos detrás de la cabeza. «Hemos optado por un colchón firme. Pensé que probablemente era la opción más práctica teniendo en cuenta la cantidad de acción que probablemente vamos a tener».

«Eh, espera», dijo Holden, y luego se echó en la cama al lado opuesto al de su hermano. Giré la cabeza de un lado a otro, maravillándome de que aún hubiese espacio suficiente para Karter y Kane, y tal vez incluso para uno o dos niños pequeños.

¿De dónde demonios salió esa idea?

«Es increíble». Yo también puse las manos detrás de la cabeza y pensé en mi antigua habitación. Era tan pequeña que solo tenía espacio para una cómoda, y no había mesitas de noche. Mi cama habría tenido espacio para uno solo de estos hombres y para mí, pero habríamos tenido que dormir acurrucados para estar cómodos. Mi cocina era del tamaño del baño de invitados de la planta baja, y mi estudio era más pequeño que el dormitorio de Holden. Este lugar parecía enorme en comparación.

«¿Qué te parece perder tu dormitorio para convertirlo en nuestro espacio común?», le pregunté. Al parecer que Harris estaba haciendo el mayor sacrificio por mi llegada.

«He negociado un lugar junto a ti durante los próximos tres meses, así que estoy bien».

Me salió una carcajada. «En serio. ¿Has negociado estar al lado mío? ¿No has oído lo que he dicho sobre los ronquidos?».

«Más vale pájaro en mano que cien volando», dijo Harris. «Mis hermanos duermen como troncos y, mientras duermen, nosotros podemos jugar».

«No le hagas caso, Connie. Si estoy en esta cama, solo tienes que darme un codazo. Mi gemelo no se va a llevar toda la diversión porque pueda funcionar con una hora de sueño».

«No te preocupes», me reí. «Hay suficiente de mí para todos».

Harris se giró hacia un lado y me acarició el muslo y el vientre con la mano. «No es suficiente», dijo. «Creo que tenemos que alimentarte».

«Tú también tienes que alimentarnos», dijo Kane, apareciendo en la puerta. Se estaba secando el pelo mojado con una pequeña toalla gris.

Karter apareció a su lado, con aspecto de recién salido de la ducha. «Podría comerme un animal grande», sonrió. «Creo que tenemos filetes. Podríamos encender la parrilla».

«Esto sí que es un territorio masculino». Me incorporé, consciente de que estaba tumbada en la cama de una forma que podría interpretarse como tentadora.

«Ya no lo es», sonrió Karter.

«No te preocupes», dije bajándome de la cama y caminando hacia la puerta. «No he traído mi colección de velas ni peluches para desordenar la cama. Te prometo que mis artículos de aseo son todos funcionales y necesarios, y prometo no usar nunca sus maquinillas de afeitar para depilarme las piernas».

Kane me atrajo hacia su cuerpo, con el pelo perfectamente revuelto, pero yo seguía empeñándome en alisárselo. «Puedes usar mi maquinilla en cualquier parte de tu cuerpo, cariño. Si es buena para mi lengua, es buena para mi maquinilla».

Karter se apretó contra mí por detrás. «Empiezo a tener ganas de otras cosas». Se inclina más, acercándose para chuparme el lóbulo de la oreja, y yo grité.

«No me metas la lengua en la oreja o no te dejaré explorar por otros lugares mucho más interesantes».

Karter se rio. «Tomen nota, chicos. A Connie no le gusta que le chupen el lóbulo de la oreja».

«Tomamos nota», dijo Holden, sacudiendo la cabeza ante las payasadas de su hermano, pero sonriendo todo el tiempo. «Ahora, alimentemos a nuestra nueva compañera de piso y luego probemos bien este colchón. Y tal vez le demos un golpe en la cabeza a Harris si es incómodo».

«Les dije que vinieran conmigo a la tienda, idiotas», dijo Harris.

«Ya es hora de que aprendas a hacer las cosas por tu cuenta», señaló Holden, dándole una palmada en el hombro a su gemelo. Harris le apartó la mano con el ceño fruncido.

«Tranquilos, chicos», me reí. «Pórtense bien».

Karter y Kane me acompañaron al pasillo y luego nos dirigimos todos a la cocina. Hubo muchas risas y las bromas continuaban mientras Kane y Karter preparaban y cocinaban la carne; Holden preparaba una enorme ensalada y Harris se ocupaba de buscar cervezas frías en la nevera. Al principio sacó cuatro y las dejó en la encimera, pero luego se le encendió la bombilla y se volvió hacia mí. «¿Cerveza? También tenemos vino y licores. ¿Qué te apetece beber?».

«Cerveza», respondí. «Cerveza estaría genial». Él sonrió, abrió una de las botellas y me la pasó.

Me senté fuera y observé a Kane y a Karter, que reían de algo relacionado con el trabajo mientras daban vuelta a los filetes. El olor era delicioso. Me acomodé en la mesa de madera y retocé con la etiqueta de la botella, pensando en mañana, pasado mañana y el día siguiente. Los iba a pasar todos aquí. Todo en mi vida sería nuevo, excepto las pocas cajas y maletas que contenían mis pertenencias. Incluso esas parecían pertenecer a otro lugar y a otro tiempo. No veía para qué iba a necesitar mis trajes elegantes y mis tacones altísimos en este pequeño pueblo. Incluso si conseguía el trabajo que había solicitado, el código de vestimenta sería más relajado. La idea de dejar atrás todos los adornos de mi trabajo anterior no me molestaba, pero la incertidumbre sobre todo lo demás me hacía sentir como una botella de plástico en el mar, sacudida por las olas.

Holden apareció con la ensalada, y Karter y Kane habían terminado de cocinar los enormes filetes. Harris llegó con los platos y los cubiertos, y todo se sirvió en tiempo récord.

Todo estaba delicioso y, mientras masticaba un bocado de tomate y aguacate rociado con aceite de oliva y jugo de limón, me di cuenta de que era la primera vez que un hombre me preparaba la comida.

Ojalá continuara siendo así por mucho tiempo.

Los chicos le contaron a Holden un pequeño incendio al que acudieron en un rancho a las afueras de la ciudad. Un cigarrillo tirado descuidadamente prendió fuego a la hierba seca. El propietario de la finca se disculpó profusamente. «Últimamente estamos viendo más incendios evitables como este».

«Siempre es así en verano», dijo Holden. «El suelo está más seco y el calor afecta a la cabeza de la gente».

«¿Les gusta lo que hacen?», pregunté. Yo nunca habría elegido una profesión que pusiera mi vida en peligro.

Se miraron entre ellos con extrañeza, como si ninguno supiera muy bien cómo responder. «Alguien tiene que hacerlo», dijo Kane al final. «Si no tuviéramos el servicio de bomberos, morirían más personas innecesariamente».

«¿Pero no mueren también los bomberos?».

«¿Te preocupas por nosotros, Connie?», preguntó Harris, tratando de restarle importancia a la conversación.

«Por supuesto que sí», respondí. «¿No lo estarías tú si yo me enfrentara a situaciones peligrosas a diario?».

«Sabemos lo que hacemos», dijo Karter con delicadeza, tomándome la mano. «Llevamos suficiente tiempo haciendo este trabajo como para saber juzgar qué es seguro y qué no».

«Pero ustedes no son de los que dejan a nadie atrás», les dije. «Son de los que se ponen en peligro por el bien de los demás». Bajé el cuchillo y el tenedor y los miré con seriedad. «Quiero que recuerden que estoy aquí, esperando a que vuelvan a casa. Cuando estén pensando qué hacer en una situación de crisis, recuerden que, si les pasa algo, se me romperá el corazón».

Karter me apretó la mano mientras todos intercambian otra mirada. ¿No esperaban que fuera tan apasionada, que sintiera algo tan profundo?

Si no se habían enterado de lo mucho que me importaba nuestra relación, ahora lo sabían.

«Siempre tenemos cuidado. Suenas un poco como nuestro padre».

«Sí, siempre nos dice que no puede perder...». Harris se detuvo a la mitad de la frase.

«Que no quiere perder a ninguno de nosotros», dijo Holden. «Su frase favorita es: "Un padre no debería tener que enterrar a un hijo"».

«Y nosotros le recordamos constantemente que ya no somos niños».

«Siempre serán sus niños pequeños», dije en voz baja. La idea de que Blake tuviera corazón me parecía extraña, pero supuse que debía tener algo decente escondido bajo toda esa arrogancia. Al fin y al cabo, había criado a estos buenos hombres.

«¿Has conocido a nuestro padre?», preguntó Holden con una sonrisa irónica, como si mi comentario fuera inapropiado.

«He tenido el placer de conversar con él». Decidí no dar más detalles, y los chicos levantaron las cejas con interés.

Kane se recostó en su asiento, estirando los brazos y colocando las manos detrás de la cabeza. Su camisa se levantó, dejando al descubierto unos centímetros de piel bronceada que abrazaba los músculos de su abdomen. Por un momento, perdí el hilo de la conversación. «A papá le gustan las mujeres», dijo con pereza. «Son sus hijos con los que ha tenido problemas».

«¿Problemas?».

La brisa vespertina llevó el aroma de las flores por el jardín, y observé cómo Kane parecía debatirse sobre qué decir a continuación. «Problemas para dejarnos ser quienes queremos ser».

«Suena como mi padre». Me encogí de hombros, pero no era un tema que pudiera tomar a la ligera. Su desaprobación me corroía por dentro.

«Quizás sea algo universal entre los padres». Los ojos vigilantes de Karter se movieron entre su gemelo y yo, siempre preocupado por las personas que lo rodean.

Parece que este era un tema que también les causaba mucho dolor. Ojalá hubiese podido ayudarlos, ofrecerles algunas palabras de sabiduría, pero no tenía ninguna. Si las tuviera, las habría usado conmigo misma hace mucho tiempo.

«Es nuestra forma de ser como familia», dijo Holden. «Conrad hacía lo mismo con Mason, Miller y Max. Tenía sus propios planes para ellos. Tuvieron que luchar con uñas y dientes para tomar las riendas de sus propios destinos».

«Parece que ustedes también lo han hecho», les recordé.

«Pero nuestro padre no ha aceptado nuestra decisión. Sigue presionándonos para que nos incorporemos al negocio familiar. Quiere que utilicemos nuestra educación universitaria para algo más que discutir con la naturaleza, como él dice».

«Vaya. Eso es despectivo». Sacudiendo la cabeza, di un trago a mi cerveza fría, que me bajó por la garganta como un chorrito de hielo líquido. Toda esta charla sobre padres me recordó que el mío no tenía ni idea de las decisiones que estaba tomando. Si la tuviera, yo no estaría aquí. Quizá fuera mejor dejar esta conversación. Tenía la sensación de que a mis chicos no les gustaría saber que había huido de mi vida sin compartir mis planes con nadie, excepto con Natalie. «¿Qué tal si me dicen los mejores sitios para visitar en esta ciudad?», dije, con la esperanza de distraerlos.

«Te lo hemos apuntado todo», dijo Karter. «Todo lo que necesitas saber para moverte por aquí».

«Parece que has pensado cada detalle», dije sonriendo.

A mi alrededor, los chicos terminaron de comer y el sol comenzaba a ocultarse en el cielo. Los pájaros volaban sobre nuestras cabezas, buscando nuevos lugares, tal como hacía yo.

Cuando recogimos la mesa, el ambiente cambió. La enorme cama de arriba me llamaba, y esta vez no iba a sentir miedo por la inminente despedida. Esta vez, cuando dejara que estos hombres jugaran con mi cuerpo, no tendría que mantener mi corazón encerrado en una pequeña caja segura. Intentaría dejarlo salir para que lo acogieran en sus manos.

Y lo hice.

Y fue mejor de lo que jamás hubiera soñado.

21

El sol brillaba intensamente sobre mi cabeza mientras me dirigía al edificio de oficinas donde me iba a reunir con mi nuevo jefe. En mi mano, sostenía mi carta de trabajo y el contrato firmado, así como mi currículum, por si acaso necesitaba repasar algo. No podía estar más emocionada.

Fuera de la puerta, respiré hondo y enderecé los hombros, lista para causar una buena impresión. Habían aceptado contratarme, pero eso no significaba que ya estuviera en la recta final. Pasarían unos meses antes de que superara el periodo de prueba y me adaptara al puesto. Hasta entonces, no iba a correr ningún riesgo.

Dentro, la recepcionista estaba hablando por teléfono, pero me sonrió y levantó un dedo para indicarme que esperara. Fue una cálida bienvenida y respiré un poco aliviada. La primera impresión podía ser decisiva. Si hubiera prestado atención a eso en mi último trabajo, lo habría abandonado el primer día.

«Lo siento», dijo cuando terminó la llamada. «Esta mañana ha sido una locura. ¿Vienes a ver a alguien?».

«Sí. A Liberty Jones».

«Ah, tú debes de ser Connie. Bienvenida a nuestro pequeño mundo. Soy Tabitha». Se inclinó sobre el escritorio para darme la mano y yo la estreché con gusto.

«Voy a llamarla, puedes esperar por allá. No tardará mucho en bajar».

Seguí las instrucciones de Tabitha y me senté en una silla gris con respaldo alto en la esquina de la recepción. La mesa que tenía delante estaba formada por cuatro pequeños estantes unidos entre sí, y cada estante estaba lleno de libros. Tenía ruedas, por lo que resultaba fácil girarla. Eché un vistazo a los títulos que tenía delante, encontrando toda una sección de libros infantiles inclusivos. Tomé uno y hojeé una historia sobre un niño con capacidades diferentes que se hacía amigo de un chico nuevo en la escuela. Las ilustraciones eran preciosas y la historia muy refrescante.

La literatura siempre había sido muy importante para mí, y era consciente de que era sencillo identificarse con las historias. Pero para los niños con capacidades diferentes, esto no era tan fácil.

Me pregunté cómo habría sido recibida esa obra y pensé en preguntarle a Liberty al respecto.

Sonó el ascensor y Liberty apareció, vestida de pies a cabeza de color púrpura brillante. Se había cortado el pelo desde mi primera entrevista y se lo había decolorado hasta dejarlo casi blanco. Con su piercing en la nariz y sus uñas negras era una directora senior de aspecto inusual, pero resultaba refrescante ver a alguien que se vestía para complacerse a sí misma.

«Connie. Ahí estás. Estoy deseando enseñarte todo».

«Yo también estoy emocionada». Seguí a Liberty al ascensor y subimos dos pisos. Las puertas se abrieron a un espacio de oficinas de aspecto excéntrico, con paredes verdes y moradas y una zona central rodeada de estanterías bajas y llena de pufs.

«Primero te presentaré a todo el mundo», dijo, «y luego podremos pasar un par de horas juntas repasando tus responsabilidades. El chico al que sustituyes ha dejado un

154

documento de traspaso muy completo, pero estoy segura de que querrás hacer tuyo este puesto».

«Así es», respondí. «Pero me será útil tener un punto de partida».

Todos los que conocí fueron amables y sonrientes. Iba demasiado elegante con mis pantalones negros y mi blusa a rayas, pero mañana iría más relajada. Liberty se tomó su tiempo para repasar todas mis nuevas tareas y me dio una buena descripción de todas las personas con las que estaría en contacto. Uno de mis primeros proyectos sería conseguir financiación para una escuela con pocos recursos, con el fin de mejorar la biblioteca. Por las fotos, la mayoría de los libros parecían antiguos o en mal estado. No era de extrañar que el nivel de lectura fuese tan bajo. Pregunté por la demografía de la escuela y tomé notas de todo, empezando ya a pensar en el tipo de libros que inspirarían a los niños de allí.

En mi antiguo trabajo, hice muchos contactos dentro de la industria editorial, incluyendo autores que ganaban seis cifras y editores multimillonarios. Me pregunto si habrá alguien dispuesto a hacer una donación. ¿Quizás podría organizar placas para todos los patrocinadores? Hay mucho potencial para hacer el bien en este puesto, y eso me llenaba de emoción.

Cuando terminamos, era ya la hora del almuerzo.

«Tengo una reunión durante el almuerzo», dijo Liberty, entregándome mi pase de seguridad para el edificio, «pero hay una cafetería estupenda al otro lado de la calle. Hacen sándwiches y ensaladas increíbles, y un café para chuparse los dedos. Probablemente necesites un poco de cafeína después de todo esto. ¿Nos vemos aquí dentro de una hora?».

En mi último trabajo, mi pausa para comer consistía en correr a recoger el pedido de sándwiches de mi jefa y a dejar caer migas en el teclado mientras intentaba trabajar y comer al mismo tiempo.

«Suena genial», dije, pensando ya en cuántos libros podría leer si tenía un descanso decente durante el día.

La cafetería se llamaba Roasted y el logotipo tiene un bonito grano de café recostado en una tumbona. En el interior, estaba llena de muebles rústicos que no combinan entre sí. Una pared es de ladrillo visto y la otra estaba pintada completamente con pintura de pizarra negra para que los niños puedan divertirse mientras sus padres se relajaban. Me encantó desde el primer momento.

En la barra, el barista me sonrió amablemente. «¿Qué te sirvo?».

«Un capuchino de soja y una ensalada de pollo, por favor».

«Siéntate y te lo traeré».

Solo había dos mesas libres, así que me acomodé en una junto a la ventana, disfrutando de la oportunidad de observar a la gente en esta nueva ciudad.

Las madres paseaban con sus hijos pequeños en cochecitos. Una pareja de ancianos cruzaba la calle, cogidos del brazo como jóvenes enamorados. Y a mi lado, se quedó libre una mesa y una joven rubia se sentó, me miró a los ojos y me sonrió ampliamente. «Estaba esperando esta mesa», dijo, dejando su bolso en el asiento libre a su lado.

«Hay mucha gente aquí. ¿Siempre es así?».

«Sí. Hacen el mejor café de la ciudad. Para todos los adictos a la cafeína, no hay otro sitio mejor».

«Tendré que recordarlo». Sonreí, observando este rostro nuevo. En una ciudad pequeña, siempre existe la posibilidad de encontrarme con la misma gente una y otra vez.

«¿Eres nueva en la ciudad? No te había visto antes».

«Sí. Llegué la semana pasada y es mi primer día en mi nuevo trabajo».

«Bueno, excelente. ¿Qué te trae por Hope Springs?».

«El amor», respondí sin dudar.

Ella levantó las cejas y sonrió. «Bueno, tenemos algunos hombres muy atractivos por aquí, especialmente en la estación de bomberos. Espero que no tengas motivos para necesitar sus servicios, pero si los necesitas, asegúrate de llevar puesto el pintalabios».

Resoplé, pensando que cualquier pintalabios que intentara ponerme me lo borrarían de un beso casi inmediatamente los bomberos de esta ciudad. Cuatro hombres no dejaban espacio para unos bonitos labios rojos, aunque probablemente tuvieran un bonito tono rosa recién besado.

El camarero se acercó a mi mesa y dejó una taza grande y ancha de color rosa llena de café sobre un platillo a juego junto mi ensalada de pollo, que tenía tan buen aspecto como si viniera de un restaurante de lujo en Nueva York.

«¿Cómo conoces a los bomberos?», le pregunté para entablar conversación.

«Salía con uno de ellos. Todavía tenemos una relación intermitente».

«¿En serio?», dije mientras me llevaba un bocado de pollo a la boca y lo masticaba, poniendo los ojos en blanco ante su suculencia. «¿Cuál?».

«Se llama Holden... es el hombre más guapo de Hope Springs. Lo juro».

Holden. ¿En serio? Tenía una relación intermitente con esta mujer. Por cómo hablaba, parecía que esperaba volver con él. Era obvio que él no le había dicho nada sobre mí, y una resbaladiza envidia se enroscó en mi estómago.

Bebí un sorbo de mi capuchino, con la mano temblorosa. ¿Debía decirle que conocía a Holden y que su relación ahora estaba oficialmente terminada?

¿Me correspondía a mí poner fin a sus expectativas sobre su relación con Holden? Él debía haberlo hecho antes de que yo llegara. Si no le decía que lo conocía, sería muy incómodo cuando nos vea por la ciudad. Este era un lugar pequeño. No habría forma de evitar esa confrontación.

Decidí hacerme la inocente. «¿Holden? ¿Holden Banbury?».

Ella asintió con entusiasmo, pero luego su expresión se ensombreció. «¿Cómo conoces a Holden?».

Me llevé la servilleta a la boca y me sequé la espuma del café. «Acabo de mudarme con los Banbury».

«¿Te has mudado? ¿Entonces sales con uno de sus hermanos? Son todos unos chicos estupendos», dijo con dulzura.

Esto era muy incómodo. «Son todos unos tipos estupendos», coincidí, decidiendo que ya había sido lo suficientemente sincera. Esta mujer no necesitaba saber nada sobre nuestra vida sexual, y Holden tenía que asumir las críticas por lidiar con sus suposiciones erróneas.

«Quizás nos veamos por allí», dijo. «Siempre solía quedarme en casa con todos ellos».

Sonreí, pero no estaba ni de acuerdo ni en desacuerdo con su afirmación. Desde luego, no me correspondía a mí decirles a los chicos a quién podían o no invitar a su casa. ¿Quizás esta mujer era una buena amiga que acabó teniendo una relación de amigos con derecho con Holden? La perspectiva de que fuera a tomar una cerveza y posiblemente recordara cómo era follar con mi novio no me resultaba atractiva.

«Por cierto, me llamo Summer».

Por supuesto. «Connie. Ha sido un placer hablar contigo». Asentí para indicar que, desde mi punto de vista, la conversación había terminado, y luego saqué mi teléfono del bolso. Era hora de enviarle un mensaje a Holden y decirle que

158

acababa de tener una charla encantadora con una mujer llamada Summer. ¿Qué diría?

Recibió mi mensaje al instante y vi que estaba escribiendo una respuesta. Casi inmediatamente, me respondió: «Aléjate de ella. Está loca», y se me encogió el corazón. Esta situación me va a pasar factura. Estaba segura.

22

Era nuestra primera salida y tenía el estómago lleno de mariposas. La mitad revoloteaban emocionadas mientras disfrutaba de cada nueva experiencia que vivíamos juntos. La otra mitad estaba frenética por los nervios. Ya habíamos hablado de cómo sería enfrentarnos al mundo exterior con honestidad sobre nuestra relación. En una gran ciudad podríamos escondernos, pero en un pueblo pequeño, todo lo que hiciéramos sería objeto de comentarios y chismes. A los chicos no les importaba. Al igual que en Tailandia, no se avergonzaban de lo que hacíamos y pretendían transmitirlo a cualquiera que nos estuviera observando. Recordé cómo me besaban y me tocaban. Recordé las miradas de los otros turistas que viajaban con nosotros. En ese momento, sentí una oleada de emoción por la atención que recibía. Me sentí eufórica por mi propio descaro. Tomar el control de lo que quería me hacía sentir increíble.

Pero ahora no estábamos en Tailandia.

Estábamos en este lugar que iba a ser nuestro hogar, y no quería ser una marginada. No quería que mi presencia afectara negativamente la vida de los chicos. Ya había escapado de un lugar en el que no me sentía cómoda. No podía volver a huir.

«Este mercado tiene los mejores productos frescos», comentó Harris, tomándome de la mano mientras nos alejábamos de la camioneta. Sus hermanos nos seguían, discutiendo lo que necesitábamos comprar de una manera que me resultaba extraña, pero maravillosamente doméstica.

«Son todos agricultores locales», dijo Karter. «La mayor parte acaba de ser cosechada. No hay nada más fresco que eso».

«¿Solo hay verduras?», pregunté, imaginándome hileras de mesas con zanahorias y verduras.

«No. Hay de todo fresco. Tienen un carnicero estupendo y un chico especializado en embutidos. Hay un ganadero que ofrece de todo, desde queso hasta nata. Y el panadero del pueblo también viene aquí una vez a la semana».

«No te olvides de Darlene», dijo Holden.

«¿Cómo podría olvidarme de Darlene?», Karter se dio una palmada en la frente de forma teatral. «Darlene es nuestra especialista en pasteles. No has probado el cielo hasta que no has probado uno de sus cupcakes de chocolate y tocino».

«¿Tocino?». ¿He oído bien? ¿A quién se le ha ocurrido poner tocino en un pastelito?

«Sí. El chocolate está bueno. El tocino está bueno. ¡Juntos, son el paraíso!».

Nos acercamos a la entrada del mercado y un hombre que salía cargado con dos bolsas de papel saludó a los chicos con la cabeza.

«Hola, Logan», dijo Karter. «¿Tienes suficiente? Espero que nos hayas dejado algo».

«Hay una locura ahí dentro», dijo Logan, cambiando el peso de sus bolsas. Asomando por la manga de su camisa se veía el tatuaje de un bombero saliendo de un infierno furioso, lo que me llevó a suponer que era uno de sus compañeros de trabajo. Los ojos de Logan recorrieron el grupo y se posaron en mí.

«¿Hay una nueva incorporación al equipo?», preguntó.

«Esta es Connie», Harris me rodeó los hombros con el brazo y Logan abrió un poco los ojos.

«Hola, Connie. ¿No me digas que Harris por fin ha encontrado a una mujer que lo ha atado en corto?».

Por un momento me quedé sin palabras, pero entonces Harris intervino.

«Aquí nadie se ata a nadie, salvo en el sentido perverso».

Logan resopló, y pensé que eso sería todo. Harris estaba eludiendo la respuesta con humor. Pero entonces Holden carraspeó.

«Connie está con todos nosotros». La afirmación fue audaz, sencilla y sin complejos. Los ojos de Logan se abrieron notablemente y una risa nerviosa brotó de mi pecho, pero la tragué. No era momento para reírse. No era momento para restarle importancia a algo que Holden había querido comunicar a su colega. Parecía como si estuviéramos saliendo del armario ante el mundo, y de repente sentí una inmensa simpatía por todas las personas cuya vida amorosa difiere del modelo de un hombre y una mujer. No es fácil ser diferente, y no es fácil exponer esa diferencia, especialmente cuando esa diferencia gira en torno al amor y al sexo.

Nadie quiere pensar realmente en la vida sexual de los demás, pero supe que Logan estaba pensando en la nuestra ahora mismo, y eso me dio vergüenza.

«Me alegro por ustedes», dijo finalmente. Se produjo un momento incómodo en el que todos nos quedamos ahí de pie, sonriendo demasiado abiertamente. Los ojos de Logan nos recorrieron, fijándose en mi mano entre las de Harris. Apuesto a que se moría de ganas por preguntar si lo del grupo era realmente una cosa grupal o si simplemente me acostaba con cada uno por separado. Supuse que la verdad lo dejaría alucinando.

«Bueno, mejor vamos a comprar. Nos vemos luego», dijo Kane. Se me había olvidado que tenían turno de noche. Iba a ser la primera vez que durmiera sola en esa cama enorme. Supuse que parecería Jack durmiendo en la casa del gigante.

«Sí. Hasta luego». Logan asintió, que era lo único que podía hacer porque tenía las manos ocupadas. Nos dirigimos en dirección contraria, hacia el mercado. El aire olía a una mezcla de tierra y pan recién horneado. Holden fue el primero en acercarse al puesto principal de verduras y seleccionar los productos frescos que necesitábamos. Todo tenía un aspecto delicioso, aún cubierto por la tierra en la que había crecido. Era muy diferente a comprar en los supermercados estériles, como hacía en mi antigua vida. Aquí no había envoltorios de plástico, solo bolsas de papel. Harris me soltó la mano y empezó a coger las bolsas de Holden. Al final había una mujer que cobraba todo. Me quedé mirando un rato y luego eché un vistazo al resto del mercado, donde vi a la famosa mujer y sus creaciones de chocolate y carne. Quería ir en esa dirección, pero me quedé donde estaba, esperando a que se completara esta parte de nuestra misión. Justo antes de que Holden terminara, me aseguré de que había comprado algunos ingredientes clave que necesitaba para una comida que iba a intentar cocinar más tarde. Los chicos me habían estado alimentando tan bien que me sentía mal por mi falta de contribución a los preparativos del catering.

Nos dirigimos al siguiente puesto, que tenía productos cárnicos expuestos en vitrinas refrigeradas. Kane se encargó aquí, eligiendo unos filetes, pollo y salchichas de excelente aspecto. Era un auténtico festín de carne. Más adelante, el puesto de panadería tenía un bonito pan artesanal. Incluso había baguettes largas, que me encantaba comerlas untadas con mantequilla. Señalé una y Karter pidió que le pusieran dos en una bolsa. También compramos croissants y bagels, y una gran barra de pan de masa madre que quedaría deliciosa tostada con aguacate.

Holden se dirigió al puesto de Darlene y yo lo seguí, atraída por el aroma de la crema de mantequilla azucarada que flotaba en el aire. El puesto de pasteles era una explosión de color rosa, decorado con globos y flores artificiales. Había una gran variedad de cupcakes diferentes etiquetados con carteles de pizarra. Incluso había una sección de pasteles de todo el mundo, a la que me acerqué para ver con más detalle. «Los lamingtons están deliciosos», dice Darlene, señalando unos bizcochos cuadrados cubiertos de coco. «Son una especialidad australiana. Y el Battenberg también es una gran elección si te gusta el mazapán». Señaló un pastel de aspecto apetecible compuesto por cuadrados rosas y amarillos envueltos en mazapán. «Me llevaré los dos», dije, sonriendo a Holden.

Frunció el ceño. «¿Mazapán?»

«Sí... ¡está delicioso!».

«Creo que me quedaré con los cupcakes». Hizo una mueca.

«¿Lo de siempre?», preguntó Darlene.

«Claro, ¿por qué no? Pero ¿puedes contarlos en lotes de cinco?».

Darlene sonrió y tomó una enorme caja de pasteles que tenía detrás. «¿Tienes algún invitado en casa?».

«Uno permanente». Holden me rodeó los hombros con el brazo y me besó en la cabeza para ilustrar su argumento.

«Ah. Tienes novia». Se inclinó hacia mí y se llevó la mano a la boca en señal de complicidad. «Tus hermanos estarán celosos, pero al menos aún quedan tres para las solteras del pueblo. Saben que siguen siendo los solteros más codiciados de la zona».

«No se lo digas a Logan», se rio Holden. «Y siento decepcionarte, pero todos tenemos pareja».

¿A que suena muy adulto, cuando por dentro lo que quería era llevarme las manos a la cara y reírme sin control?

«Bueno, eso es estupendo», dijo Darlene con una sonrisa radiante, pero con las cejas levantadas, como si no entendiera muy bien por qué nos felicita.

Holden pagó la enorme caja de pasteles y dimos una vuelta por el resto del mercado, comprando más cosas deliciosas. Al final de nuestra visita, cuando nos dirigíamos a la salida, vi a Summer, la chica de la cafetería, y maldije para mis adentros. Casi conseguimos salir de este lugar sin montar una escena. «No mires, pero Summer nos acaba de ver», susurré entre dientes. Holden giró la cabeza bruscamente y murmuró «mierda» entre dientes.

Puse una sonrisa falsa en mi rostro mientras salíamos del mercado, a la vez que rezaba en silencio para que no ocurriera ningún drama en este lugar tan público.

Eché un vistazo rápido a un lado y vi que Summer había desaparecido. «Ya no la veo», le susurré a Holden, que se mantenía cerca.

«Viene hacia nosotros. Harris, lleva a Connie a la camioneta. Yo me encargo de esto». Antes de que pudiera aceptar u objetar, Harris me agarró del brazo y me llevó a rastras hasta la camioneta. Estiré el cuello, buscando a Holden y a Summer, pero la multitud parecía haberse desplazado a su alrededor. Era eso, o Holden había llevado a Summer a un lugar menos público.

«¿Qué está pasando?», le pregunté a Harris mientras metía la cabeza en la camioneta. Él apoyó el brazo sobre la parte superior de la puerta y el techo y se inclinó hacia dentro. «Summer era agradable al principio. Holden pensó que podría ser la mujer de su vida, pero entonces ella lo vio hablando con nuestra prima Kristen en la ciudad y se volvió loca. Una auténtica acosadora. Todos vimos un lado de ella que nos heló la sangre. Desde entonces, ha estado intentando volver con él, y él ha sido paciente hasta ahora. Supongo que pensó que ella se aburriría y pasaría a otra alma inocente. El problema es que este es un pueblo pequeño y todos los hombres solteros

165

parecen haber oído hablar de cómo es ella. Si quiere una relación, tendrá que mudarse a o convencer a Holden de que la acepte de nuevo. Eso nunca va a suceder, pero se ha metido en la cabeza que, si sigue intentándolo, él la perdonará y olvidará».

«Mierda». Negué y retorcí los dedos sobre mi regazo. «Parecía tan simpática cuando hablé con ella en la cafetería».

«Sí. Ese es el problema. Es simpática. Pero cuando se trata de celos, se vuelve loca. Hace cosas que no son propias de ella. ¿Cómo es ese dicho? ¿No hay nada peor que una mujer despechada?».

«Sí. Algo así. En cierto modo, es bueno que no se deje pisotear».

«No, Connie. Tú eres el tipo de chica que no se deja pisotear. Summer es el tipo de chica que te cortaría la cabeza por hablar con la persona que está detrás del mostrador de una tienda de comestibles».

Me reí nerviosamente. «Sí. Supongo que ahí hay una diferencia».

Harris se levantó y miró a su alrededor en busca de sus hermanos, que se acercan hacia nosotros cargados de bolsas. «Esperamos a ver qué pasaba con Summer, pero ella nos vio y eso empeoró las cosas».

«¿Empeoró?». Harris negó con la cabeza y se llevó la mano a la barbilla pensativo. «No me gusta esto. Está tardando demasiado. Voy a volver allí».

Kane dejó las bolsas sobre el capó de la camioneta. «No creo que debas hacerlo».

«Pero ¿y si se vuelve loca con él?».

«Holden puede cuidarse solo», dijo Kane.

166

Harris suspiró y estiró el cuello, aunque no podía ver nada desde donde estábamos. Estaba preocupado por su gemelo y podía sentir la tensión que emanaba de él en oleadas.

«Ve a buscarlo, Harris», le dije, y eso fue todo lo que Harris necesitó para empezar a correr de vuelta al mercado.

Antes de que pudiera empezar a buscar, apareció Holden. Se detuvieron y conversaron, Harris sacudiendo la cabeza como si todo lo que decía su gemelo le preocupara.

Lo único que quería era llegar a casa y cocinar la estúpida comida que llevaba días planeando. Solo quería que mis chicos estuvieran a salvo alrededor de la mesa del jardín, bebiendo cerveza y hablando de los deportes que había al día siguiente. No quería que esta mujer tuviera nada que ver con ninguno de ellos. Alguien tan desquiciado era capaz de hacer cualquier cosa. ¿Iba a tener que mirar por encima del hombro allá donde fuera?

Cuando llegaron a la camioneta, Kane y Karter se habían sentado a ambos lados de mí. Harris conducía y Holden se acomodó en el asiento del copiloto. «Esa mujer está loca», murmuró.

«¿Qué ha dicho?».

«Solo dice que al final vamos a estar juntos ella y yo. Ha visto nuestra boda en un sueño. Estamos destinados a estar juntos».

«¿Y tú qué le has respondido?», le pregunté.

Se giró, sus bonitos ojos azules se encontraron con los míos y me estremecí al ver la preocupación que había en ellos. «Le dije a Summer que tiene que dejarlo estar y que, si no lo hace, solicitaré una orden de alejamiento contra ella».

«Vaya. ¿Ha llegado tan lejos?», preguntó Kane.

Holden maldijo entre dientes y negó con la cabeza. «No lo sé. Nunca debí haber traído a esa chica a nuestras vidas».

Apoyé mi mano en su hombro y le di un apretón tranquilizador. «No vas a culparte por confiar en alguien y esperar a que fuera un ser humano normal y decente. No siempre se puede saber si alguien tiene problemas. Lo ocultan hasta que ya estás involucrado. Así es como terminan todas las situaciones de violencia doméstica. Solo asegúrate de llevar un diario detallado de cualquier intento que ella haga ahora para ponerse en contacto contigo, porque lo vas a necesitar».

«Todos ustedes tendrán que hacer lo mismo. No creo que la locura se limite solo a mí».

Harris gruñó por lo bajo. «¿Crees que Connie podría estar en peligro?».

«No lo sé. No lo creo, pero...». Holden negó con la cabeza y extendió la mano para ponerla sobre mi rodilla. «Tienes que prometerme que te vigilarás las espaldas. Si esa mujer intenta acercarse a ti... simplemente...». Se detuvo como si no supiera qué decirme.

«Tengo spray pimienta en el bolso».

«Creo que quizá tengamos que conseguirte un arma», dijo Kane.

«¿Hablas en serio?», mi corazón comenzó a latir con fuerza. Nunca antes en mi vida había sostenido un arma. Esto era una locura.

«Mantengamos la calma», pidió Karter, pasando su brazo por mis hombros. «Holden se preocupa mucho y Kane siempre exagera las cosas. Mientras estés con nosotros, estarás a salvo. El resto del tiempo, solo ten cuidado con lo que te rodea. No vayas a lugares donde pueda estar Summer».

«Supongo que eso significa que se acabó el café delicioso de Roasted para mí».

«Solo mientras resolvemos las cosas», dijo Karter tranquilizadoramente. Por la forma en que hablaba, parecía que no esperaba que esto fuera un problema a largo plazo. Quizás esperaba que Summer se aburriera.

Mientras regresábamos a la casa, yo esperaba lo mismo.

23

«¿Ya está listo?», preguntó Harris al aparecer en la cocina, inhalando el fragante aroma de Tailandia. Al menos, eso es lo que esperaba que estuviera inhalando. Cocinar nunca había sido mi fuerte, pero estaba desesperada por intentarlo por estos hombres.

«Sí», dije, mientras levantaba la pesada olla de arroz y empezaba a verterlo en un bonito cuenco blanco adornado con flores azules. «Toma. Puedes llevarlo fuera».

«Vale», dijo él, saltando como un cachorro sobreexcitado a la hora de comer y tomando el cuenco. El arroz había sido aromatizado con coco y olía cremoso y delicioso.

El curry, no estaba tan segura.

Lo llaman curry verde, pero parecía más bien agua de estanque, con algas y todo. Llevaba tantos ingredientes diferentes para hacer la pasta que me preocupaba haberlo estropeado por completo. Me incliné sobre el sartén y usé la mano para llevar el aroma hasta mi nariz. Olía bien.

Supuse que era ahora o nunca.

Llevé el sartén al jardín y me recibieron cuatro pares de ojos ansiosos. Era como si nunca antes les hubieran cocinado.

«No tengo ni idea de cómo va a quedar esto. Y si sabe mal, díganmelo. Por favor, no se obliguen a comerlo. No me ofenderé. Sé que no soy una gran cocinera, así que solo estarían confirmando algo de lo que ya estoy bastante segura».

«No te menosprecies, Connie. Estoy seguro de que estará buenísimo». Karter me dedicó una sonrisa radiante que sabía que pretendía ser tranquilizadora. No tenía ni idea de cuántas veces mi padre había fruncido el ceño ante una comida que yo le hubiera preparado. No tenía ni idea de cuántas veces mi padre tenía razón.

«¿Delicioso? Es muy poco probable».

«Bueno, estoy hambriento. Sirvamos los platos».

Holden se encargó de servir grandes raciones de arroz, que tenía un aspecto ligero y esponjoso. Levanté las cejas, momentáneamente sorprendida de haber preparado algo que se parecía a las fotos del libro de recetas. Puse la olla caliente en el centro de la mesa y Kane se encargó de servir la salsa verde turbia y los trozos de pollo y verduras. Por dentro, recé para que estuviera bueno, porque sabía que estos hombres no iban a ser tan sinceros como mi padre con respecto a mis retos culinarios. Intentarían proteger mis sentimientos y sonreirían mientras tragaban bocados asquerosos. Me senté junto a Karter, que apoyó la mano en mi rodilla bajo la mesa y me dio un apretón tranquilizador. Con el plato lleno de comida, tomé el tenedor y lo pinché con inquietud.

Debía ser yo la primera en probarlo. Era lo justo.

Sin mirar a mi alrededor, pinché un trozo de pollo y un poco de arroz y me lo llevé a la boca. Por un momento, estaba demasiado caliente para saborearlo. Mientras masticaba, me concentré en lo que me decía mi lengua. Picante. Cremoso. Similar a la comida de la boda de Natalie. El pollo estaba tierno. El arroz estaba en su punto. En realidad, estaba bueno. Cuando levanté la vista, todos los chicos masticaban con una sonrisa. «Connie, esto está increíble», dijo Holden.

«Es igual que el de la boda», dijo Kane.

«Lo has conseguido», añadió Harris.

Karter me apretó la rodilla de nuevo y yo esbocé una sonrisa extasiada que me hizo doler las mejillas.

«No puedo creer que haya conseguido preparar algo comestible».

«¿Por qué?», preguntó Holden.

«Porque todo lo que hacía por mi padre salía mal».

Holden hizo un gesto de negación. «¿Nunca pensaste que quizás era porque él no creía en ti por lo que no podías tener éxito? A veces, nos ponemos a la altura de lo que se espera de nosotros, nos convertimos en una profecía autocumplida».

Nunca lo había pensado así, pero quizá Holden tuviera razón. Quizá la constante negatividad de mi padre tuvo una influencia negativa en mis capacidades. Cuando los demás dudan de nosotros, empezamos a dudar de nosotros mismos. Pero mis chicos nunca dudaron de mí. Querían que tuviera éxito. Estaban ahí para ayudarme en cada paso del camino. Mientras comíamos y los chicos hablaban del entrenamiento que tendrían que completar la semana próxima, me perdí en mis pensamientos. Cada nuevo bocado de comida me hacía buscar respuestas.

«¿Estás bien?», me preguntó Karter finalmente, y yo asentí, esbozando una gran sonrisa. Quizás él se daba cuenta de que yo no estaba bien, porque, cuando dejé los cubiertos en el plato, me rodeó con el brazo. «Quizá sea solo yo, pero me vendría muy bien una siesta».

Una siesta. ¿Era eso lo que creía que era? A mí también me vendría bien una siesta. ¡Muchas siestas!

«Me apunto».

Alrededor de la mesa, los hermanos se levantaron al unísono, con los platos en la mano. La mesa se despejó en tiempo récord y todo se echó en el lavavajillas con meticulosa

172

precisión. Era como si todos nosotros tuviéramos la misión de subir las escaleras lo más rápido posible. En el dormitorio, Karter fue el primero en quitarse la camiseta. Mientras sus hermanos lo seguían, yo no sabía muy bien qué hacer. ¿Debía desvestirme o dejar que ellos me hicieran el honor cuando estuviéramos en la cama? Decidí que lo segundo sería más sexy y, al menos, pude fingir que lo único que esperaba era una siesta si todos decidían dormirse en lugar de montarme.

Esperaba que no fuera eso lo que pasara.

Mientras me arrastraba por el centro de la cama, dirigiéndome a la almohada que se había convertido en mía, cuatro hombres se lanzaron a mi lado. Reboté cuando los muelles del colchón crujieron con su peso.

Me tumbé boca arriba con las manos debajo de la cabeza, mirando al techo. Las dos parejas de gemelos se posicionaron a ambos lados de mi cuerpo, recostados de lado, con toda su atención puesta en mí.

«Así que, la siesta», dije como si estuviera reflexionando sobre las ventajas de dormir durante el día.

«La siesta es divertida», sonrió Harris.

«Dormir la siesta es lo mejor que hay», señaló Karter.

«No tenemos mucho tiempo para dormir la siesta», dijo Holden, mirando su reloj. «No se olviden que tenemos que ir a trabajar».

«Lo sabemos, Holden», dijo Kane, poniendo los ojos en blanco. «Solo estamos jugando».

«Y dando tiempo a Connie para ponerse a tono», siguió Karter.

«Oh, estoy de humor», sonreí. «Siempre estoy de humor cuando estoy con ustedes. Creo que desprenden unas feromonas sexuales muy potentes».

«Es la nueva colonia de Holden», dijo Harris, y Karter y Kane se echaron a reír.

«Pero antes de hacerlo, quiero asegurarme de que estás bien», dijo Karter. «Lo de Summer no fue muy agradable, y últimamente has estado hablando mucho de tu padre. Sé que las cosas son difíciles con respecto eso».

«Estoy bien», dije apresuradamente. «Bueno, supongo que no estoy bien porque Holden tiene una exnovia psicópata. Definitivamente no es algo que elegiría en el menú de la vida. Y mi padre es un problema constante». Los miré, preguntándome si era un buen momento para ser sincera. «No le he dicho que me he mudado aquí. No me parecía algo que pudiera decirle por teléfono, y no me atreví a ir a verlo antes de que Holden viniera a trasladar mis cosas».

«¿De verdad era eso lo que te estaba frenando?», preguntó Kane. «¿O es que no quieres decírselo?».

«¿Se lo has contado a tu padre?», pregunté.

Se produjo un silencio. «Sabemos lo que dirá nuestro padre porque hemos oído sus opiniones sobre la relación de Max, Miller y Mason. Tuvimos que discutir con él para que fuera a la boda. Al final, lo que probablemente le convenció fue la conexión de su negocio con el de Conrad».

Me incorporé, deslizándome sobre mi trasero hasta que mi espalda quedó apoyada contra el cabecero. Los chicos también se sentaron, ya que la conversación pasó de ser jocosa a seria. «¿Así que vamos a mantener esto en secreto? ¿Nos avergonzamos de lo que tenemos juntos?».

«¡No!», dijo Holden. «No nos avergonzamos. Para nosotros no se trata de eso».

«Entonces, ¿de qué se trata?».

«No queremos que sientas ninguna presión. Queremos darte tiempo para que te adaptes a tu vida aquí con nosotros antes de que tengamos que enfrentarnos juntos al drama

174

familiar. Sabemos lo que sentimos. Sabemos que vale la pena luchar por esto, pero queremos que tú también estés segura de ello».

«¿Y creen que no lo estoy?».

Holden se encogió de hombros. «Todavía no, y no pasa nada. Hemos tenido tiempo para hablar de lo que queremos desde que la relación de Natalie se hizo pública. Tú tienes que asumir mucho más. Te metiste en esto con una sola intención, tener una aventura de vacaciones, y has acabado mudándote y dejando tu trabajo por nosotros. Entendemos que es mucho para ti».

«¿Creen que no estoy segura de esto?». Moví el dedo para señalarnos a todos.

«Creemos que está bien si necesitas más tiempo para llegar a donde nosotros llegamos».

«¿Y dónde están ustedes?», pregunté.

«Estamos seguros de que esto es lo que queremos, no solo una aventura o una relación a corto plazo que se esfume al cabo de un tiempo. Esto es lo que queremos», confirmó Kane con firmeza. «Si algún día no sientes lo mismo, entonces habremos terminado».

Retiré la mano del edredón y la presioné sobre mi corazón, donde se había apoderado de mí el dolor de las palabras de Kane. Esto era definitivo para ellos.

«Es una declaración muy importante», dije.

Karter se acercó, tomó mi mano libre y la posó sobre su regazo, sosteniéndola. «No importa quién esté en desacuerdo con nuestra relación o las miradas críticas a las que nos enfrentaremos en este pequeño pueblo. No importa cuánto nos haga sentir culpables la sociedad por la forma en que queremos vivir nuestra vida... por la forma en que queremos amar».

Amor.

Esa palabra detuvo mi corazón y me hizo sentir un nudo en la garganta. No porque no quisiera que sintieran eso por mí. Lo quería. Muchísimo. Era porque yo sentía lo mismo por ellos y nunca habría tenido el valor de admitirlo primero.

Me incliné para besar a Karter, tomándolo por sorpresa, y cuando él me devolvió el beso, fue como entrar en un sueño. Un sueño en el que cuatro hombres me amaban. Cuatro hombres querían ser el apoyo y la seguridad de mi vida. Era más de lo que podría haber esperado. Mucho más. El brazo de Karter me rodeó, animándome a moverme hacia abajo en la cama. En cuestión de segundos estaba boca arriba y debajo de él, con sus caderas frotándose contra las mías y la rígida barra de su pene rozando con dureza mi coño. Gemí cuando sus manos tocaron mis pechos cubiertos por la ropa, moviendo la tela de mi top hasta que se amontonó alrededor de mi cuello. Se giró hacia un lado, dejando que su gemelo accediera a mis pantalones, y en cuestión de segundos me los quitó junto con mis bonitas braguitas. Adiós a la ropa interior. Probablemente estos chicos preferían que nunca vistiera nada.

«Despacio», murmuró Karter contra mi piel. Su gemelo parecía moverse demasiado rápido para su gusto. Kane accedió, abriendo suavemente el corchete de mi sujetador delantero. Cuando mis pechos se liberaron, su tacto fue provocador. Arqueé la espalda, necesitando más, gimiendo cuando Holden tomó su lugar entre mis muslos. Sus dedos recorrieron mis piernas, trazando la forma de mis músculos y mis huesos, acercándose cada vez más, provocadoramente, al lugar al que mentalmente le rogaba que llegara.

Harris también estaba allí, siguiendo los pasos de su hermano.

Cuando Karter rodeó mi pezón con la lengua, grité. Fue un toque muy simple, pero era mucho más intenso cuando me había estado reteniendo. Kane imitó a su gemelo y yo lo agarré por el cabello, presionándolo contra mí. Sentí su sonrisa contra mi piel, pero él seguía provocándome lentamente, lentamente, hasta que estuve chorreando entre mis piernas. Dios mío, ni siquiera quería que me ataran. No quería sentir el frío material de una venda sobre mis ojos. Quería estar presente, ver cómo me tocaban, como a un Stradivarius, frotando mis cuerdas, acariciándome hasta hacerme cantar la melodía del éxtasis.

Nunca supe cómo mis hombres decidían quién iba a hacer qué. Era como si fueran un solo hombre en muchos cuerpos, trabajando por un único objetivo.

Dándome todo el placer que podía soportar, y luego empujándome más allá de lo que jamás creí que podría llegar.

La lengua de Harris lamía mi clítoris, caliente y áspera era su textura, pero lenta y amorosa era su acción. Sin embargo, no me haría llegar al orgasmo de esa manera, sino que liberó su pene y se metió dentro de mí con una deliciosa y profunda embestida. Mirándome directamente a los ojos, noté el sentimiento detrás de las palabras que él y sus hermanos habían pronunciado antes. Cuando me apartó el pelo de la cara y me besó la frente, las mejillas y la punta de la nariz, me perdí. Me follaba lentamente, acumulando y acumulando hasta alcanzar un orgasmo tan cálido y húmedo como la miel sobre una tostada con mantequilla. Se clavó profundamente mientras mis contracciones lo envolvían, vaciándose dentro de mi cuerpo, con la cara enterrada en mi cuello. Holden fue el siguiente, sin perder tiempo cuando su hermano se dio la vuelta sobre su espalda, con el brazo sobre los ojos como si el orgasmo hubiera hecho que la luz de la habitación fuera demasiado brillante para él.

Holden siguió el ejemplo de su hermano, besándome con lentos y suaves movimientos de lengua, sus manos agarraban mis pechos mientras encontraba un ritmo lento y profundo. Estaba perdida en estos hombres, solo la conexión entre nosotros latía como un pulso en mi mente. Mis brazos envolvían su fuerte espalda, con fuerza. Nos convertimos en un solo ser, perdidos en el mismo objetivo.

Y lo mismo ocurrió con Kane y Karter. Más besos dulces, más sexo lento y profundo hasta que me quedé sin fuerzas y me dejé llevar por mi propio placer, tan húmeda y pegajosa entre las piernas que casi resultaba obsceno. Excepto que no lo era. Mientras mi excitación se mezclaba con la de ellos, solo podía pensar en lo bien que me sentía en sus brazos, siendo observada por ellos, cuidada por ellos.

Cuando terminamos, Holden se dirigió al baño y volvió con un paño que utilizaba para limpiarme. Harris encontró una de sus camisetas y me vistió con ella. Karter me ahuecó la almohada y Kane me arropó con la manta.

«Duerme», me susurró. «Volveremos por la mañana».

Y así, sin más, se fueron. Pero en realidad no se habían marchado, porque los sentía por todo mi cuerpo y, de alguna manera, habían logrado instalarse en mi corazón.

24

«Sube aquí», dijo Holden, agachándose y ofreciéndome su mano grande y fuerte. Con su uniforme de bombero, parecía que estaba a punto de desnudarse en lugar de combatir las llamas. Juro que hay algo en los hombres uniformados que afecta a las partes íntimas de todas las mujeres. Dejé que me ayudara a subir al camión, aunque no formaba parte de su equipo.

«Soy la única novia», me quejé.

«Las demás son esposas hoy en día, y han viajado en este camión en años anteriores. Ahora todas tienen bebés en cochecitos».

«Oh, ¿eso es lo que pasa una vez que llegas aquí arriba? ¿Te quedas embarazada?».

«Ahora mismo no, pero si me lo pides, ¡puedo ayudarte con eso más adelante!», se rio. «De todos modos, deja de quejarte. Tenemos que unirnos al desfile».

Harris conducía y puso en marcha el enorme vehículo que era también su herramienta de oficio. Lo habían adornado con cintas y banderas para que se viera más festivo. Nos situamos detrás de las otras carrozas y del auto del sheriff, que también participaba. Esperábamos que los delincuentes de la ciudad no vieran el día como una oportunidad para cometer delitos o quemar cosas. Saludamos a la multitud y algunos miembros del equipo saltaban para agitar cubos y recaudar dinero para comprar nuevo equipamiento. Por la forma que Logan me miró y me guiñó el ojo, supuse que se había acostumbrado a la idea de nuestra inusual relación.

Los habitantes del pueblo eran generosos, metían la mano en el bolsillo y echaban puñados de billetes verdes. Solo esperaba que no fuesen de un dólar.

Con mi vestido amarillo de verano, me sentía muy guapa. Desde nuestra charla de hace unas semanas, las cosas en casa habían sido una maravilla. Kane compró una hamaca y la colgó en el jardín, así que ahora tenía mi propio lugar para leer. Karter amplió la estantería del salón, así que ahora tenía espacio para todos mis libros favoritos. Holden me había estado ayudando a familiarizarme con algunas de las partes más difíciles de mi trabajo. Era muy bueno ideando soluciones y me ayudaba a pensar de forma creativa. Harris había estado trabajando duro en el jardín y, por primera vez en mi vida, había empezado a aprender los nombres de las flores y a distinguir cuáles son malas hierbas. Nos habíamos instalado en la felicidad y la satisfacción, pero el tema de nuestros padres seguía presente en el fondo de nuestro amor.

«Mira, ahí está Liberty, de tu oficina», dijo Holden, señalando entre la multitud.

«¿Puedo bajar a verla? Los alcanzaré».

Holden rio. «Vamos muy despacio. Creo que los bailarines estarán actuando más adelante. Tendrás unos cinco minutos».

Tomé mi bolso y luché para abrir la enorme puerta. Luego me dejé caer al suelo con mis sandalias blancas y caminé rápidamente hacia donde estaban Liberty y mis otros compañeros Tabitha y Mark.

«Hola, Connie», saludó Liberty. «¿Estás disfrutando del paseo con todos esos bomberos tan sexys?».

«¿Quién no lo haría?». Moví las cejas y ella se echó a reír.

«Te juro que cuando me contaste lo de tu relación, pensé que te habías vuelto loca. De hecho, empecé a preguntarme si había contratado a alguien delirante».

«No me sorprende». Me alisé la espalda del vestido. «Cuando vi a esos chicos, me pregunté si sería posible seducir a uno de ellos».

«Están locos por ti», dijo Tabitha, señalando la plataforma. Todos mis chicos estaban a la vista y miraban en mi dirección. Les saludé y me devolvieron el saludo; los sentimientos que me invadieron casi me hicieron caer de espaldas.

«Ay, Dios mío». Me abaniqué la cara, tratando de que el calor de mis mejillas disminuyera. «¿Qué están haciendo ustedes?».

«Estamos viendo pasar todas las carrozas y luego pensamos comprar algo de comida y echar un vistazo a algunos puestos. Darlene está vendiendo sus pasteles. Me encantan sus lamingtons».

«Están buenísimos. Hoy tengo que comprar algunos», dije riendo. «¿Quizás nos veamos más tarde?».

«Claro. Sería genial. Trae a tus chicos para que podamos interrogarlos, ya sabes, para asegurarnos de que son lo suficientemente buenos para ti».

«Lo son. Estoy segura», dije, sonriendo.

La sonrisa no se mantuvo en mi rostro por mucho tiempo. Por encima del hombro de Mark, vislumbré una cara familiar.

Blake.

Dios mío. El padre de los chicos estaba aquí y me había visto. Iba a saber que esto no era una coincidencia. No tenía ningún motivo para estar en el mismo pueblecito en el que sus hijos habían establecido su hogar. Entrecerró los ojos mientras me observaba. Habían pasado unos meses desde que intercambiamos desagradables palabras en Tailandia. Tardó unos segundos en reconocerme y, cuando lo hizo, le tembló la mandíbula. Esto no iba a acabar bien.

Mi instinto me indicaba que corriera hacia los chicos, pero no podía hacerlo sin que Blake me viera. Volver le diría a Blake que todas sus sospechas eran ciertas, y no sabía si los chicos querrían eso. Desde luego, no en medio de un desfile con cientos de personas mirando.

¿Qué diablos estaba haciendo aquí?

Blake comenzó a caminar hacia mí y Liberty siguió mi mirada, sintiendo claramente un cambio en mi estado de ánimo.

«¿Quién es ese?», preguntó.

«El padre de los chicos. No sabe nada de nosotros», susurré rápidamente.

«Mierda», murmuró, agarrándome la mano de forma protectora. «¿Quieres que te saque de aquí?».

«Creo que tengo que enfrentarme a él», dije, sabiendo que esta no era una situación que se pudiera eludir.

«Connie», dijo Blake al acercarse. Examinó a mis compañeros con mirada crítica y me dieron ganas de pedirles perdón a todos, aunque su comportamiento no fuera en absoluto responsabilidad mía. «¿Qué haces aquí?».

Hice una pausa y me puse el bolso al hombro. El brazo que ahora cruzaba sobre mi cuerpo se sentía como una especie de escudo.

«Estoy aquí con tus hijos», respondí.

«¿Por qué? Creía haber dejado clara mi opinión al respecto».

Di un paso atrás e inhalé profunda y lentamente. Mantén la calma, me dije a mí misma. Contrólate. Va a enfadarse porque era exactamente como mi propio padre. Ambos tenían

182

un modo de actuar específico y predecible. Uno en el que esperaban que todos a su alrededor debían escucharlos como si fueran Dios.

«Dejaste clara tu opinión, y lamento mucho que te sientas así por algo que no te afecta directamente».

Oí a Tabitha inhalar rápidamente, sorprendida por mi franqueza. Supongo que esperaba que fuera más deferente, pero no quería serlo. Era curioso cómo me resultaba mucho más fácil plantarle cara a Blake que a mi propio padre.

«Son mis hijos», siseó Blake. «Todo lo que hacen me afecta directamente».

«Creo que necesitas calmarte», intervino Mark, poniéndose a mi lado.

Estaba a punto de responder cuando Summer apareció de la nada. «Blake. Me alegro mucho de que hayas podido venir», dijo efusivamente. Con la atención desviada, volví a dar un paso atrás y observé con horror cómo su rostro se iluminaba con una gran sonrisa mientras se abrazaban como si fueran familia. «¡Summer! Ahí estás».

«Le he estado diciendo a Holden que deberían invitarte más a la ciudad. Al fin y al cabo, eres su padre. La familia es lo más importante». Me miró por encima del hombro de Blake, sin que la sonrisa le llegara a los ojos. Un escalofrío me recorrió la espalda.

«Siempre has sido una gran influencia para mi hijo», dijo Blake. «¿Dónde está?».

Summer señaló hacia la plataforma como si todavía fuera la novia de Holden y él la estuviera esperando.

«¿Qué coño pasa aquí?», murmuró Liberty, observando el desarrollo de todo, como si fuera una exagerada telenovela brasileña.

«Le he estado diciendo a Connie que tiene que dejarlos en paz», dice Summer. «Los ha confundido a todos, pero quizá tú puedas convencerlos de que ella no es buena para ellos».

«Eso es exactamente lo que pretendo hacer».

Me giré hacia la plataforma, que había empezado a avanzar. «Ve», siseó Tabitha, empujando mi cuerpo paralizado por el pánico. Me abrí paso a trompicones entre la multitud, chocando con una pareja que murmuraba su desaprobación. Rodeé el camión por el otro lado, queriendo alejarme lo más lejos posible de Blake y Summer. Golpeé la puerta y Holden la abrió de un tirón. Debía tener el rostro muy serio, porque mientras me halaba hacia dentro, se inclinó sobre mí con preocupación. «¿Qué pasa?».

«Tu padre está aquí con Summer. Está furioso, pero abraza a Summer como si fuera su hija perdida hace mucho tiempo».

«Joder», dijo Holden. Gritó a Harris, que no podía dejar de mirar por la ventana y era lo suficientemente profesional como para mantener la vista en la carretera. «Kane y Karter están ahí afuera», señaló Harris. Pulsó el botón de su walkie-talkie y transmitió la información. Me estiré para mirar y los vi a ambos buscando problemas entre la multitud.

«¿Qué va a pasar?», pregunté, aunque sabía que Holden no tenía ni idea. Nunca me había encontrado en una situación como esta. Con el corazón acelerado y las palmas sudorosas, no sabía qué hacer.

«Estás a salvo», gruñó Holden. «No tienes que preocuparte porque no vamos a dejar que te pase nada. Lo digo en serio. Tú te quedas aquí y nosotros nos encargaremos de ellos».

«¿Qué van a hacer?».

«No te preocupes. Todo va a salir bien».

Sé que era un hombre capaz y que podía manejar prácticamente cualquier cosa que se le presentara, pero eso no significaba que no pudiera preocuparme por él. No significaba

184

que no pudiera opinar sobre cómo maneja las cosas que también me involucraban a mí.

«Summer está yendo demasiado lejos», dije. «¿Tiene el número de tu padre? Porque tengo la impresión de que lo ha llamado para invitarlo a la feria».

«Podría haber encontrado su número en la página web de su empresa, y eso sería jodidamente espeluznante».

«¿Lo suficientemente espeluznante como para solicitar una orden de alejamiento?».

«No lo sé». Me daba la impresión de que Holden pensaba que solicitar una orden de alejamiento contra una mujer no le sentaba bien a su masculinidad. Pero tenía que entender que las mujeres pueden estar tan desquiciadas como los hombres y que su tamaño y fuerza podrían no protegerlo de Summer si ella se empeñaba en hacerle daño. ¿En qué momento buscaría ella eso? ¿Al darse cuenta de que yo no me iba a ninguna parte?

«Quédate aquí». Holden le dio una palmada en el hombro a Harris y se bajó del camión antes de que yo tuviera oportunidad de objetar. Me vi obligada a obedecer y mirar por la ventana mientras Kane, Karter y Holden eran emboscados por Blake y Summer.

Delante de todo el pueblo.

No conseguía entender lo que se estaba diciendo, pero Summer seguía con su sonrisa maníaca pintada en la cara y Blake agitaba los brazos con vehemencia. El lenguaje corporal de Holden era desdeñoso y creo que Kane estaba alzando la voz porque Karter, el más tranquilo de los dos, puso una mano sobre el hombro de su gemelo.

«Esto no va a ayudar en nada a nuestra recaudación de fondos», dijo Harris, tratando de restarle importancia a todo como de costumbre. Esta vez, estaba segura de que era un mecanismo de defensa.

Frustrada por sentirme como una niña en un autobús escolar, le dije a Harris que me iba a bajar. Él se opuso, pero no me importó. De ninguna manera me iba a quedar fuera de esto.

«Esto no es asunto tuyo», gruñó Holden con su habitual frialdad desplazada por una ira furiosa. «Cómo vivo mi vida es asunto mío. Ya no puedes obligarnos a hacer nada».

«¿Qué quieres decir con eso?», siseó Blake. «Eres mi hijo. Creía que tu madre y yo te habíamos educado mejor que para esto, vivir en pecado».

«Mamá nos crio muy bien. Nos enseñó a respetar a los demás. A no juzgar a los demás cuando nosotros mismos tenemos nuestros propios problemas. A no manipular ni a hacer sentir mal a los demás por querer cosas que difieren de nuestras propias opiniones. Tú no estabas ahí para influir en nada».

«Yo ganaba el dinero que pagaba sus vidas, su educación», respondió Blake. «Construí una empresa para que ustedes la heredaran, y luego toman esta decisión tan estúpida de dejarlo todo atrás para combatir incendios, y parece que no pueden parar».

«No es una decisión estúpida querer cuidar de los demás, evitar que les sucedan cosas terribles».

«No puedes reescribir el pasado». Blake sonrió entonces como si el sentimiento de Holden fuera infantil. «Nada de lo que hagas ahora cambiará lo que le pasó a tu madre. ¿Creen que tirar sus vidas por la borda la traerá de vuelta?».

Puse mi mano sobre los hombros encogidos de Holden, sintiendo que estaba a punto de estallar. Llevaba el uniforme puesto y esta conducta ya resultaba impropia. Golpear a su padre en la cara podría poner en peligro su trabajo. «Déjalo estar, ¿vale?», le dije. «Nada de esto vale la pena».

186

«Escúchame», dijo Karter, adelantándose para interponerse entre su hermano y su padre. «Cómo vivimos nuestras vidas depende de nosotros. Ya te hemos hablado antes de nuestros trabajos y ahora te hablamos de nuestras vidas personales. No vamos a seguir repitiéndonos. Connie está con nosotros y somos felices. Eso es lo único que debería importarte. No necesitamos tu aprobación y no queremos tus negocios. Vienen con demasiadas condiciones y no ofrecen suficiente satisfacción laboral. Ahora bien, si quieres quedarte y ser educado, eres bienvenido. Pero si vas a seguir comportándote así, entonces deberías irte a casa».

Blake dio un paso adelante, con una actitud tan tensa como la de Holden. «No me he matado a trabajar para que estudiaran en buenos colegios y fueran a la universidad para que ahora vivan en la miseria y pongan sus vidas en peligro. Su madre y yo no los hemos criado para que tiren sus vidas por la borda en una relación repugnante. Mérense cómo están. Pudieran elegir entre cualquier mujer y ¿quieren quedarse con esa?».

«Di una palabra más sobre Connie y no habrá vuelta atrás», siseó Holden. «No habrá perdón ni otras oportunidades».

Blake negó con la cabeza, con una horrible sonrisa en el rostro. «Descartarías a tu padre por una mujer. Ya ni siquiera sé quién eres».

La multitud se había acercado, con la mirada fija en los chicos y en su padre. Había expresiones de sorpresa, pero no estaba segura de a qué se debían: si a la revelación de nuestra relación, a cómo hablaban los chicos a su padre o a cómo respondía el padre a sus hijos. Supuse que cada uno de los presentes tendría una opinión diferente sobre lo que estaba pasando. Lo único que sabía era que tenía que salir de ahí. No quería que los chicos rompieran los lazos con su único progenitor vivo, a pesar de sus insultos y de su evidente dificultad para dejarlos hacer su propia vida. No quería que Summer sintiera que había ganado, por muy enfermiza que fuera la forma en la que creía estar manipulando la situación.

Pero no podíamos irnos.

El desfile tenía que continuar.

«Deberíamos volver», dije, agarrando la mano de Holden y buscando a Kane. Solo conseguí agarrarme a su gran chaqueta gruesa. «El camión se está moviendo».

Ambos se volvieron y vieron que Harris nos había adelantado. Kane siguió agarrando su cubo de caridad. Los hombros de Karter subían y bajan con agitación.

Summer se acercó a Blake y empecé a preguntarme si estaba cambiando de opinión sobre seguir con Holden. ¿Consideraría seriamente salir con Blake después de todo esto? Probablemente. La idea me revolvió el estómago.

«Vamos», les insistí y empecé a caminar, rezando para que me siguieran. Por un momento, se quedaron inmóviles, enzarzados en una mirada fija con su padre, mientras la decepción, el dolor y la ira bullían entre todos ellos. Al igual que con mi padre, desearía que las cosas fueran mejor, pero realmente no veía que eso fuera a cambiar.

Seguí mirando hacia atrás y mi corazón se relajó cuando empezaron a moverse. Los ojos grises de Kane se encontraron con los míos y él sonrió. Era una sonrisa dolorida y arrepentida, y quise abrazarlo y decirle que no me importaba lo que su padre dijera de mí. Lo único que me importaba era que mis chicos estuvieran bien.

Ver cómo les dolía el corazón era como una herida física para mí.

Si pensábamos que nuestra relación iba a seguir siendo privada, estábamos equivocados.

Ahora todo el pueblo lo sabía, y lo único que podía preguntarme era qué pasaría después.

25

Durante mi pausa para comer, hice cola para comprar un café y un sándwich en Roasted, que se había convertido en mi lugar favorito fuera de casa para estar con los Banbury. La situación con Summer me impedía sentarme a comer allí, pero ni loca iba a dejar de comprar la comida para llevar.

Cuando sonó mi teléfono, lo saqué del bolso y vi que era mi hermana quien llamaba.

«¡Carmella!». Me sorprendió que me llamara a mitad del día. Normalmente trabajaba demasiado y se tomaba su profesionalidad demasiado en serio como para ocuparse de asuntos personales durante el horario laboral.

«¡Hola, Connie!». Sonaba sin aliento y como si estuviera sonriendo. También eso era extraño.

«¿Qué ha pasado?».

Su risa era aguda y ondulante, y tal vez un poco antinatural. «¡Me he comprometido!», exclamó.

«Dios mío. ¿Qué?».

«Con Derek. Ya sabes, es el hijo de Powel, el amigo de papá».

«Derek. Pero creía que solo llevaban saliendo unos meses».

«Han sido ocho meses».

¿De verdad había pasado tanto tiempo? Conocí a Derek una vez y me pareció genial, pero pensaba que Carmella salía con él solo para pasar el rato. No esperaba que se comprometieran para toda la vida. «Ocho meses... Vaya. ¡Felicidades!».

«Gracias. Creo. Lo dices en serio, ¿verdad?».

Me sorprendió la incertidumbre en su voz. Carmella solía parecer segura de todo lo que hacía. «Por supuesto. Me alegro mucho de que seas feliz», le dije.

Carmella se aclaró la garganta. «Sabes, anoche fui a tu apartamento para contarte la buena noticia. Pero pensé que sería mejor hacerlo en persona».

«¿Mi apartamento?». No recordaba que Carmella hubiese visitado mi apartamento mientras viví allí, y ahora decidía aparecer.

«Sí, pero ya no es tu apartamento, ¿verdad? Entonces llamé a tu oficina esta mañana y me dijeron que tampoco trabajas allí».

«¿Mi oficina?».

«¿Dónde estás, Connie? ¿Cómo es que te has mudado a una nueva casa y has conseguido un nuevo trabajo y yo no sé nada al respecto?».

No sé por qué le sorprendía. Nunca habíamos tenido una relación cercana. Siempre había habido mucha tensión entre nosotras debido a la forma tóxica en la que nuestro padre nos había criado. Siempre había sentido que Carmella desaprobaba mis decisiones y estaba decepcionada por mi falta de ambición y éxito. No era fácil ser la hermana menor, vivir siempre a la sombra de una versión mejor y mayor de ti misma.

«Me mudé hace tres meses», le dije. «Y dejé mi trabajo al mismo tiempo».

190

«¿Estás loca?», me dijo. «Tenías un puesto en una empresa increíble y llevabas allí mucho tiempo. Te debían un ascenso».

«Puede que me debieran un ascenso, pero nunca me lo iban a dar».

«Y tu apartamento estaba en un edificio estupendo».

«Era diminuto y costaba una fortuna», dije. «Y yo no era feliz».

«¿Feliz?», Carmella pronunció la palabra como si fuera un concepto extraño, o al menos un sentimiento por el que ella no tomaría decisiones para conseguirlo. «Entonces, ¿dónde demonios estás? No es seguro para ti no decirle a tu familia dónde estás. ¿No has visto esos programas sobre crímenes reales? A veces la gente desaparece y nunca más se les vuelve a ver, y sus familias no tienen ni idea de dónde buscarlos».

«Me he mudado». Estaba ganando tiempo, pero no creo que pudiera zafarme sin contárselo todo. Si no se lo contaba, llamaría a Natalie y eso pondría a mi mejor amiga en una situación incómoda. Aunque tendría que prometerme que no se lo diría a papá.

«¡Ya lo sé!». Casi podía oír cómo ponía los ojos en blanco. «¿A dónde te has mudado?».

«Hope Springs».

«¿Qué? Has dejado la ciudad para irte a vivir a un pueblucho perdido».

«No es un lugar perdido. Es un sitio muy bonito. Todas las personas que he conocido han sido muy amables». Omití lo de la exnovia psicópata de Holden y Blake, el padre del infierno. Y las miradas extrañas que me echaban por todas partes desde el incidente del desfile.

«¿Qué te llevó a mudarte allí?».

«He conseguido un nuevo trabajo».

Carmella exhaló con alivio. ¡Realmente era hija de mi padre! «¿Qué tipo de trabajo?».

Me pasé los siguientes cinco minutos parloteando sobre mi nuevo puesto con mucho más detalle del que normalmente compartiría con mi hermana. Ella me hizo muchas preguntas y esperaba haber satisfecho su interrogatorio mientras pedía y pagaba mi almuerzo y empezaba a cruzar la calle.

Entonces me lanzó la gran pregunta.

«Todo eso suena muy bien, pero realmente no entiendo por qué te mudaste. ¿Qué te llevó a buscar trabajo tan lejos?».

Podría mentir, pero Carmella era mi hermana. Puede que no seamos uña y carne, pero eso no significa que quisiera tratarla con falta de respeto. Llegaría un momento en el que todo saldría a la luz y ella sabrá que le mentí. No quería que nuestra relación se echara a perder para siempre. «Tuve una aventura durante las vacaciones después de la boda de Natalie».

«Oh... un hombre nuevo. Y se han ido a vivir juntos. Qué emocionante. ¿Quién es?», preguntó efusivamente, todo de un tirón.

Hice una pausa y el silencio se alargó como la mozzarella que cuelga de una porción de pizza. «¿Conoces a los maridos de Natalie?».

«Bueno, no en persona, pero obviamente he visto las fotos que publica en Facebook. Es una chica afortunada. ¿Por qué?».

«Bueno, me presentó a sus primos».

«Vaya. ¿Hay parecido familiar? Si es así, tú también eres una chica afortunada».

Sonreí, pensando que realmente había dado en el clavo. Yo era afortunada. Muy, muy afortunada. «Sí. Todos los Banbury son guapísimos».

192

«¿Cómo se llama? ¿Quizás podamos quedar para una cita doble?».

Tragué saliva, pensando que a Derek le explotaría la cabeza si aparecía con cuatro hombres en una cita doble. Este era el momento de la verdad, mi confesión definitiva. No había vuelta atrás.

«Se llaman Karter, Kane, Holden y Harris».

«Qué nombres tan chulos», exclama Carmella. «¿Cuál es el tuyo?».

Realmente no lo entendía. «Todos ellos».

Ojalá hubiésemos estado cara a cara, porque una parte de mí hubiese querido ver su expresión de sorpresa en ese momento. Quizás eso haría que todo este asunto fuera menos estresante y más divertido.

«Todos lo son», repitió lentamente. «Es decir, estás saliendo con los cuatro».

«Sí».

«¿Cuatro?», preguntó de nuevo.

«Sí, cuatro».

Tras una pausa, Carmella soltó una risita nerviosa. «Cuatro. Bueno, ya veo por qué has estado escondiéndote durante tres meses. Papá se va a volver loco».

«Papá se vuelve loco por todo», le recordé. «Nunca hago nada bien».

«¿Así que decidiste hacerlo todo completamente mal?». Se produjo otro silencio entre nosotras. «Yo... no quería decir eso», balbuceó. «Quería decir que no has intentado precisamente facilitarte las cosas».

«Quizás no quiero», dije. «Quizás he pasado demasiados años intentando seguir las normas y lo único que he conseguido es sentirme miserable. Por fin he encontrado un trabajo que me encanta y un lugar en el que estar que me llena de alegría. Si papá me quisiera de verdad, estaría feliz. Quiero decir, ¿cuántas mujeres tienen la suerte de que cuatro hombres las cuiden? No tengo que mover un dedo en casa. Siempre hay alguien que lleva la compra y cuelga los cuadros. No tengo preocupaciones económicas. Y son tan buenos conmigo».

«Pero cuatro hombres...». Esperé que dijera algo más negativo, pero en cambio, emitió un silbido de asombro. «Eres mucho más mujer que yo, eso está claro. Yo apenas puedo manejar a uno».

Por un momento, de pie fuera de mi oficina, me quedé con la boca abierta como un pez que jadea en busca de oxígeno. ¿Mi estirada hermana acababa de hacer una broma sexual?

Me eché a reír, sorprendida. ¿Quién era esta persona que creía conocer? «Te sorprenderá lo que puedes soportar cuando se trata de los hombres adecuados», le dije. «Pero no quiero que esta conversación gire solo en torno a mí. Me alegro mucho de que te hayas comprometido. Tienen que venir a visitarme cuando esté un poco más instalada».

«Lo haremos. Seguro. Y gracias. Pero sigo sorprendida con lo que pueda decir papá».

«Si te pregunta algo sobre mí, dile que me llame. No espero que medies entre nosotros. Estas decisiones son mías y yo me encargaré de las consecuencias».

Suspiró como si la sola idea de las broncas de papá también la agobiara. «Ojalá no hubiera consecuencias. Ojalá mamá siguiera aquí para mediar y suavizar las cosas».

«Yo también desearía lo mismo, Carm», dije, sorprendida de que hablara de mamá. Desde que falleció, era como si hubiera una regla tácita de no mencionar su nombre. Sabía que me dolía hablar de ella. Quizás Carm sintiera lo mismo.

«Bueno, cuídate y sé feliz», dijo Carmella. «Tengo que irme. Tengo una reunión dentro de cinco minutos».

«Claro. Gracias por llamar y felicidades».

Cuando colgamos, me quedé mirando mi teléfono durante un rato, todavía inquieta por la conversación. Mi hermana se iba a casar con un hombre que le presentó papá. ¿De verdad lo amaba, o tienen razón mis chicos? ¿Estaba viviendo su vida solo para complacer a nuestro padre?

Esperaba que su elección fuera sincera y la hubiese tomado con el corazón.

Pero ahora que ella conocía mi verdad, ¿cuánto tiempo tenía antes de que papá se enterara?

Me estremecí al pensar en lo enfadado que se pondría cuando al enterarse.

La confrontación se acercaba, y cuando llegara, iba a ser grande.

26

Era sábado por la mañana y estaba tumbada en la cama leyendo, con Kane y Karter a mi lado. Holden y Harris habían estado haciendo el turno de noche. Cuando sonó mi teléfono, Karter lo cogió de la estantería y me lo entregó. Era Natalie.

«¡Nat!», grité. Había pasado más de una semana desde la última vez que habíamos hablado, cuando le conté los cotilleos sobre Blake y su arrebato, y sobre el compromiso de Carmella. Ella estuvo de acuerdo en que mi vida se estaba convirtiendo en una mala telenovela brasileña, y nos reímos de lo ridículo que era todo, aunque detrás de las risas había una capa de ansiedad que no se podía disimular.

Ella siempre me hacía sentir mejor, incluso en las situaciones más estresantes, y estaba bastante segura de que ella sentía lo mismo por mí.

«Connie. Tu padre está en camino».

Me enderecé en la silla, sin estar segura de haber entendido bien. «¿Qué?».

«Tu padre está en camino. Llamó a mi madre para quejarse de que he sido una mala influencia para ti. Le ha dicho que le repugna la vida que está dejando llevar a su hija y que debería avergonzarse de sí misma. Luego ha dicho que no va a cometer el mismo error contigo. Va en camino para hacer lo que sea que tenga planeado para alejarte de los chicos.

196

«¿Viene hacia aquí? ¿Cómo sabe dónde estoy?».

Karter y Kane se giraron rápidamente al oír mis palabras y se inclinaron hacia mí.

«Esa es la cuestión», dijo Natalie, como si ella misma estuviera reflexionando sobre ello. «¿Cómo lo ha descubierto?».

«Quizá Carmella se lo haya dicho».

Natalie silbó larga y bajamente. «¿De verdad crees que tu hermana haría eso?».

Negué con la cabeza, mientras mi mente repasaba nuestra conversación. Ella no amenazó con contárselo a papá, y su preocupación por lo que me pasaría cuando él se enterara parecía sincera. «No lo creo, pero tal vez. Tal vez papá intentó visitar mi apartamento, la llamó y la presionó. Eso sí me lo puedo creer».

«¿Quién más podría ser?», preguntó Natalie. Ella tampoco quería creer que mi hermana hubiera sido capaz de delatarme.

«Blake, supongo. Él es el que está más enfadado por esto. Quizás piense que involucrar a mi padre nos separará».

Kane murmuró algo y se levantó de la cama, buscando rápidamente un poco de ropa. «Pantalones de chándal no», le susurró Karter. Supongo que ya estaban pensando en cómo causar una buena impresión a mi padre, que nunca aceptaría la relación, aunque fueran multimillonarios con trajes de cincuenta mil dólares.

«¿De verdad haría eso?».

«No lo sé. Lo he visto dos veces y en ambas se ha opuesto violentamente a que esté con sus hijos».

«Tampoco estaba muy contento con mi relación», señaló Natalie. «Pero Conrad tiene el sartén por el mango en esa relación entre hermanos».

«Qué suerte tienes», murmuré.

«¿Cuánto tiempo tengo?». Seguí a Karter y Kane, buscando ropa a toda prisa.

«No lo sé. Quizás cinco horas, quizás cinco minutos. ¿Quién sabe dónde estaba cuando llamó a mamá?».

«Mierda», murmuré. «Bueno, gracias por avisarme».

El sonido de una bocina interrumpió nuestra conversación. «¿Dónde estás, Nat? Parece que hay mucho ajetreo».

«Voy de camino a tu casa», dijo. «Estaré allí en tres horas. No pensabas que te dejaría sola para lidiar con todo esto, ¿verdad? Solo espero llegar antes que tu padre».

Aunque mi corazón se llenó de amor por la lealtad y el instinto protector de mi mejor amiga, sé que dejar a sus hijos y conducir hasta aquí era una locura. «Da media vuelta ahora mismo», le dije. «En serio. Tengo a los chicos para que me ayuden. Estaré bien».

«Ni hablar», dijo ella. «Vamos a ocuparnos de esta mierda. Después voy a pasar el rato con mi mejor amiga. Los bebés están bien. Tienen tres papás que los cuidan».

«Sí. Supongo que sí. Bueno, nos vemos pronto. Conduce con cuidado».

Nos despedimos, y Karter y Kane negaron con la cabeza. «Esto tiene todas las características de ser obra de nuestro padre. No consiguió lo que quería, así que lo está intentando de otra manera». Kane me tomó de la mano y me acercó a él.

«Podría ser mi hermana». Al apoyar la cabeza en su pecho, mi ritmo cardíaco y mi respiración se ralentizaron. Su aroma siempre estaría asociada a la seguridad, y cuando Karter también se acercó, me sentí envuelta en un lugar de total seguridad.

«No lo creo, pero da igual. Lo afrontaremos como afrontamos todo lo demás. Estamos aquí para lo que necesites».

Miré a mis guapos gemelos, con el ceño fruncido. «Iba a pasar en algún momento. Quizá sea mejor así».

Tardé cinco minutos en ducharme y otros cinco en vestirme y maquillarme. Necesitaba pintura de guerra para afrontar la batalla que se avecinaba. Mientras me maquillaba, Karter y Kane limpiaban la casa. Las impresiones también eran importantes para ellos.

No enviaron ningún mensaje a Holden y a Harris, así que cuando regresaron de su turno, Karter los llevó aparte para ponerlos al corriente. Parecían demasiado agotados después del trabajo, pero subieron a refrescarse y regresaron vestidos con vaqueros y camisas elegantes para enfrentarse a mi furioso padre.

Los abracé con fuerza porque ya me sentía culpable, y aún no había pasado nada.

«Todo va a salir bien», dijo Holden. Sonaba seguro, y supuse que pensaba que ellos se habían enfrentado ya a su propio padre y se habían mantenido firmes, así que esto no sería diferente. Pero sí lo sería.

Se trataba de mi padre. Ellos no podían hablarle con la misma familiaridad que a su propio padre. Dependería de la forma como yo pueda lidiar con esto, y nunca antes le había plantado cara.

¿Podría hacerlo esta vez?

Nos dejamos caer en los sofás del salón y encendimos la televisión para romper la extraña atmósfera de aprensión. Mantuve una expresión impasible y crucé las manos para no jugar con ellas nerviosamente ni morderme las uñas. No quería que mis chicos supieran lo nerviosa que estaba.

Al cabo de un rato, Karter preparó unos sándwiches, que comimos rápidamente y acompañamos con café.

Aunque eligieron una buena película para ver, mi mente seguía divagando, repasando todas las veces en que mi papá me había gritado por mis decisiones. Cuando era pequeña, lloraba y mi madre venía a mi habitación y me decía que él no lo decía en serio. Que simplemente no sabía controlar su temperamento. Que se sentía asustado cuando no tenía el control. No me gustaba la idea de que mi padre tuviera miedo, así que me lo tragaba todo. Sabía que mi madre intentaba reparar nuestra relación, pero lo único que conseguía era enseñarme que, en las relaciones, había que aceptar el abuso verbal si la persona tenía una razón.

El problema es que cualquiera podía inventarse una razón para ser una mala persona con otro. Pero nosotros no éramos malas personas y no pensábamos utilizar nuestro trauma como excusa para un comportamiento inaceptable.

Cuando finalmente se oyó un golpe en la puerta principal, di un salto tan visible que llamó la atención de todos mis chicos.

Karter me agarró la mano. «No vas a afrontar esto sola, Connie. ¿De acuerdo?».

Aunque lo sabía, eso no hizo que la perspectiva de abrir la puerta fuera más fácil.

La puerta volvió a ser golpeada y supe que era mi padre. No tenía paciencia y podía sentir su enfado por la forma en que la puerta traqueteaba en el marco.

Holden fue el primero en llegar a la entrada, con los hombros encogidos y erguidos mientras abría de un tirón.

«¿Dónde está Connie?», gritó la voz de mi padre, y de alguna manera se las arregló para pasar al lado de Holden, cuyo enorme cuerpo casi bloqueaba la puerta entera. Papá era delgado y mucho más bajo que mis chicos, y cuando se

200

encontró en la habitación rodeado por cuatro hombres con cuerpos musculosos, su rostro pareció desanimarse.

Cuando me vio, de pie, con el sofá entre nosotros como barrera, sus ojos volvieron a brillar.

«Ahí estás. No puedo creer que me hayas hecho conducir hasta aquí para ver esto con mis propios ojos». Giró el brazo, como si todo lo que le rodeaba le repugnara.

Los chicos se quedaron impasibles, Karter y Kane dieron un pequeño paso hacia mí. Era como tener guardaespaldas, pero esto no iba a ser una batalla física. Todo sería verbal y emocional. «No te obligué a conducir a ningún sitio», dije lentamente. «He evitado deliberadamente involucrarte en mi vida porque nada de lo que hago cuenta con tu aprobación».

«Así que pasas de eso a esto... ¿cómo puedes pensar que esto está bien? Estás viviendo aquí con cuatro hombres. ¡Cuatro!».

Holden extendió la mano. «Señor, voy a tener que pedirle que baje la voz. Si quiere hablar con su hija, debe hacerlo con respeto».

La boca de papá se contrajo en un agujero fruncido. «¿Una mujer que vive con cuatro hombres merece respeto? Creo que la mayoría de la gente de este pueblo no estaría de acuerdo».

«No me importa la mayoría de la gente de este pueblo. No pido la aprobación de nadie, y Connie tampoco».

Papá volvió la cabeza hacia mí. «Así que es eso. Ahora tienes hombres que hablan por ti. ¿Dónde está tu carácter?».

«Arrugado, en algún lugar bajo tu zapato», murmuré demasiado bajo para que él me oyera. Kane negó con la cabeza y Karter me tomó la mano y me la apretó para tranquilizarme. Entre los dos, de repente me sentí más fuerte, como si pudiera decir lo que tenía que decir sin temor a las consecuencias. Me animaban a ser fuerte. Querían que me defendiera, y yo quería hacerlo, más que nada en el mundo. «Lo que haga con mi vida no lo vas a decidir tú. Te agradezco que me cuidaras cuando era niña y me decepciona que mis decisiones vitales te enfaden, pero soy feliz y yo...».

«¿Feliz? ¿De verdad crees que esto te va a hacer feliz? Cuando tus amigos y tu familia se enteren, pensarán que eres una guarra. Nadie te tomará en serio nunca. No puedes casarte con esos hombres. No puedes formar una familia con ellos. Tus hijos serán ridiculizados...».

Holden volvió a levantar la mano. «Te dije que fueras respetuoso. No puedes utilizar un lenguaje despectivo hacia tu hija. No puedes socavar nuestra relación y convertirla en algo que no es. Queremos a Connie. La queremos y vamos a hacerla feliz. Haremos lo que sea necesario. Y si no puedes aceptarlo, si no puedes ver que somos buenos hombres capaces de cuidar de tu hija, entonces lo siento. Pero mira a tu alrededor. Mira el hogar que le hemos dado. ¿No parece feliz? ¿No parece sana? ¿No parece realizada?».

Papá miró a su alrededor, quizá observando su entorno con más claridad. Nuestra casa era preciosa y, si realmente mirara, vería lo protectores que estaban siendo todos los chicos conmigo. Escucharía a Holden y lo protector que era, incluso con la forma en que me hablan. Entendía que esta situación no era para todo el mundo y quizá mi padre querría algo diferente para mí, pero no podía insinuar que estos hombres no eran lo suficientemente buenos. Había ganado el premio gordo aquí. Incluso uno de ellos habría sido como ganar la lotería. ¡Cuatro de ellos era un regalo de un poder superior!

«Parece que tiene miedo de respirar. ¿Es ese su plan? Le han quitado a mi hija toda su vida, la han metido en esta casa y le han impedido marcharse».

«¡Papá!». Levanté las manos tan rápido que me disloqué el hombro. «No puedes decir cosas así. Quiero a estos hombres. Soy feliz aquí. Tengo un trabajo estupendo que ellos me ayudaron a encontrar. Solo quieren lo mejor para mí. Y si parezco asustada, es porque has irrumpido en esta casa lanzando acusaciones y lleno de agresividad, y eso no está bien. Entiendo que puedas estar preocupado por mí, pero deberías haber abordado esto de otra manera».

En ese momento, volvieron a llamar a la puerta. Harris, que ahora era el más cercano, la abrió y Natalie entró con paso firme.

«Connie», dijo, pasando junto a mi padre y colocándose a mi lado. Tomó mi mano y la apretó con fuerza.

«Ahí está. La que ha provocado todo este desastre».

«Sr. Franks, voy a hablar claro porque parece que es lo que se necesita aquí. Esto no es un fiasco. Es una relación amorosa. Esta es una mujer que ha encontrado a hombres que quieren lo mejor para ella. Hombres que le han encontrado un trabajo que sabían que le proporcionaría plena satisfacción y la han animado a seguir adelante para que pueda sentirse más realizada. Son hombres que han tenido que plantarle cara a su propio padre para luchar por su relación, que han invitado a su hija a su casa y no han esperado nada a cambio. Así que no, esto no es un fiasco. Esto es amor. Esto es la vida. Y si no cuenta con su aprobación, quizá debería cambiar sus expectativas».

Harris asintió con la cabeza, frunciendo los labios. «Todo lo que ella ha dicho es cierto». Holden le lanzó una mirada asesina a su gemelo, pero creí que Harris tenía razón. Ahora era el momento de aligerar el ambiente. Era hora de demostrarle a mi padre que su pesimismo no tenía cabida en esta casa.

«Esta no es la hija que crie», dijo.

«Bueno, quizá deberías alegrarte por ello», continuó Harris. «Quizá deberías fijarte bien en tu hija, en la mujer hermosa, segura, inteligente, amable y apasionada en la que se ha convertido, y estar orgulloso de que haya dado un paso adelante para ser algo más que alguien que hace lo que tú le dices».

Joder.

Si no estuviéramos en medio de una discusión acalorada, abrazaría a Harris y lo estrecharía con todas mis fuerzas. El pecho de mi padre se hinchó y no supe si estaba reaccionando con ira o frustración. Natalie me apretó la mano de nuevo y, justo cuando empecé a pensar que las cosas podrían calmarse, hubo más movimiento junto a la puerta abierta. Holden y Harris fueron los primeros en darse cuenta de que Summer había entrado en medio de este circo. Antes no estaba segura de que fuera Blake quien había orquestado todo esto, pero ahora sí lo estaba.

«Hola, Holden», dijo ella, acercándose como si quisiera abrazarlo. Apreté las manos y Natalie se volvió hacia mí, articulando el nombre de Summer con la boca.

Cuando asentí, me soltó la mano y rodeó a mi padre. No sé a qué estaba jugando. Le había contado mis preocupaciones sobre Summer y no quería que pusiera en peligro su propia vida. «Natalie». Corrí alrededor del sofá, pero antes de que pudiera acercarme, mi padre me agarró de la mano. «¿A dónde vas? Todavía estoy hablando contigo».

Intenté soltarme, pero no lo conseguí. Era fuerte y estaba decidido a sujetarme como si fuera una niña rebelde a punto de salir corriendo a la carretera.

«¡Papá, suéltame!», grité. Todo pareció ralentizarse. Kane giró la cabeza y notó de que había dos situaciones que requerían su atención. Holden extendió la mano para mantener a Summer a distancia. Utilicé mi mano libre para intentar soltar los dedos de mi padre, pero no lo conseguí. Summer agarró a Holden por el codo. El brazo de Harris se interpuso entre Summer y su hermano. Holden intentó quitar la mano de Summer de su brazo y ella le arañó la piel con las uñas. Observé horrorizada, todavía sujeta con fuerza por mi padre, mientras la sangre corría por el brazo de Holden. No era una herida grave, pero la visión del color escarlata hizo que mi cerebro entrara en pánico. «¡Suéltame!», le grité a mi padre a la cara, y él retrocedió lo suficiente como para que pudiera liberar mi mano. Atravesando la habitación, conseguí colocarme entre Holden y Summer, justo cuando Harris empezó a arrastrarla hacia atrás. «Sácala de aquí», gritó Kane.

«Voy a llamar a la policía. Esto ha ido demasiado lejos», grité.

Los ojos de Summer se encontraron con los míos mientras sostenía el teléfono junto a mi oído. Una sensación como de agua helada me recorría la espalda. Un odio frío se escondía detrás de la extraña sonrisa de Summer, mientras sentía que todo mi ser se estaba rompiendo.

Había demasiadas cosas en nuestra contra. Demasiada gente que pensaba que éramos unos bichos raros. Esto no iba a funcionar. Cuando el operador me preguntó qué servicio necesitaba, la palabra «policía» salió de mis labios, pero no era yo misma quien hablaba. Estaba fuera de mí. Mi cuerpo funcionaba en piloto automático mientras sacaban a Summer y Karter regresaba con un paño húmedo para limpiar el brazo de Holden. Natalie le gritaba a mi padre. Todas las cortesías quedaban ahora de lado. No escuchaba lo que él respondía mientras le indicaba mecánicamente a la policía que necesitaba denunciar un delito.

Necesitaba solicitar una orden de alejamiento.

Cuando llegó la policía, les conté todo, pero yo misma no entendía nada. Mi padre se había ido, pero no lo había visto marcharse. Natalie estaba a mi lado sosteniendo mi mano, pero no sentía su calor.

Quería llorar, pero llorar sería aceptar sentimientos en mi corazón fracturado, y no era lo suficientemente fuerte.

Pensaba que lo era, pero no era cierto.

Y ahora sentía que nunca lo iba a ser.

27

«Se han ido», dijo Natalie, acariciándome la rodilla. Debía estar hablando de la policía. Sentía como si hubieran estado durante horas, ocupando espacio en el salón con sus grandes cuerpos y sus voluminosos uniformes. Aunque fueron pacientes y amables porque conocían bien a los chicos por haber acudido juntos a emergencias, odié tener que hablar con ellos. Odiaba que nuestras vidas privadas se hubieran convertido en un espectáculo. Harris murmuró que ha visto a los vecinos fuera, estirando el cuello para ver qué pasaba. Con todos los gritos y el auto de policía, debieron haber temido lo peor.

Se mencionó la expresión «orden de alejamiento», y me alegré de que ahora se fuera a aplicar. Summer estaba desquiciada, y por mucho que comprendiera su evidente angustia por no estar ya con Holden, no podía seguir acosándolo y aterrorizándolo a él ni a ninguno de nosotros.

Miré a mi alrededor, la burbuja de mi propio shock me hacía sentir como si estuviera escuchando todo desde debajo del agua. El teléfono de Kane vibraba y él maldijo entre dientes, justo cuando los teléfonos de sus hermanos también comenzaron a vibrar. «Hay una emergencia. Están pidiendo refuerzos. Tenemos que ir», dijo.

¿Una emergencia?

Kane se acercó a mí, pero Natalie le hizo un gesto para que se fuera. «Ve. Yo me ocuparé de ella. Tengan cuidado», le dijo. Él dudó, pero no por mucho tiempo. Lo único que percibí fue el ruido de los pasos en las escaleras y el golpe sordo de la puerta principal cuando la luz abandonaba mi vida.

«Connie», Natalie me atrajo hacia ella en un incómodo abrazo sentado. «No pasa nada. Ya ha terminado todo. Solo estamos nosotras aquí. Estás bien». Su mano acariciándome la espalda fue lo que desencadenó mis lágrimas, ese toque suave y tranquilizador abrió las compuertas de mis ojos.

«No puedo hacerlo», dije. «No puedo hacerlo».

«¿Hacer qué, cariño?».

«Esto. Todo esto».

Natalie suspiró y me acarició suavemente la espalda con ritmo, como le había visto hacer con sus bebés cuando estaban inquietos. «¿No lo entiendes? Lo has conseguido. Lo has conseguido todo».

Sus palabras cayeron en el confuso charco de mi mente, enviando lentas ondas hacia afuera. Lo había conseguido. ¿Qué significaba eso?

«Ya has pasado lo peor, cariño. Y has sido fuerte. Te has defendido. Has defendido a los chicos y a mí. Te has ocupado de todo lo que había que hacer. Y estás aquí, al otro lado».

Me liberé de sus brazos y me dejé caer en el sofá, que había sido mi lugar de felicidad durante los últimos meses, pero que ahora me parecía estropeado. «No estoy al otro lado», dije. «No ha cambiado nada. Mi padre sigue furioso. Blake sigue furioso. Summer sigue obsesionada con conseguir a Holden. Solo estoy existiendo en un lugar donde todo se ha calmado, pero no seguirá así. Todo volverá a salir a la superficie. Una y otra vez. Nunca desaparecerá».

«Sí, lo hará», dijo Natalie, levantando y bajando los hombros. En su dedo, su anillo de compromiso y su alianza

207

de tres bandas brillaban bajo la luz del sol de la tarde. Ella estaba tranquila porque se encontraba en una situación muy diferente, felizmente casada con una familia que había aceptado sus decisiones y con una nueva familia propia esperándola en casa. «No te das cuenta de lo difícil que fue para nosotros cuando mamá y Conrad se enteraron de lo nuestro. Se horrorizaron. Mamá me dijo que estaba arruinando su vida. Conrad profirió amenazas que los chicos realmente creyeron que llevaría a cabo. Me sentí fatal porque iban a perder su herencia, pero siguieron adelante conmigo. Nunca me dejaron perder de vista dónde queríamos estar. Todo lo que parecía un gran obstáculo acabó desapareciendo, porque la gente solo puede luchar durante un tiempo».

«¿Crees que mi padre va a rendirse? ¿Crees que Blake y Summer van a rendirse?».

«Sí», dijo con firmeza. «Lo harán porque, con el tiempo, verán que no tiene sentido intentar romper algo que es lo suficientemente fuerte como para durar. Y si no, tomarán la decisión de marcharse. No se puede luchar contra algo así, y ninguno de nosotros debería vivir su vida para complacer a otra persona. Eso solo conduce a una infelicidad permanente».

«No puedo hacer que los chicos pierdan a su padre», dije.

«No vas a hacer que esos chicos pierdan nada», dijo ella. «Ellos siguieron adelante en contra de los deseos de Blake mucho antes de que tú irrumpieras en sus vidas. Son hombres independientes, plenamente capaces de tomar sus propias decisiones».

«Si me marcho, tendrán la oportunidad de ser felices con mujeres que su padre pueda aceptar. Puedo hacerme a un lado y dejar que sigan un camino diferente».

Natalie negó con la cabeza y con los labios apretados. «¿No lo entiendes? No van a dejar que te apartes. Ya lo intentaste antes y lucharon por ti. Ahora que han probado la vida que tienen juntos, ¿de verdad crees que van a permitirte tomar esta decisión tan abnegada? Por supuesto que no, porque saben lo que es mejor para todos, y eso es estar juntos».

«Pero todo el pueblo nos odia».

«No lo creo», dijo Natalie. «Tus amigos del trabajo no te odian. Los chicos de la estación no te odian. Quizás haya gente que te juzgue, pero siempre la habrá. Siempre habrá alguien a quien no le guste tu forma de ser, pero no puedes vivir tu vida con miedo a su desaprobación, porque ellos seguro que no vivirán con miedo a la tuya».

Me pasé las manos por la cara y exhalé larga y profundamente. «La vida no debería ser tan difícil. No debería sentir que estoy constantemente subiendo una cuesta empinada, con rocas rodando por mi camino».

«Incluso la relación más fácil va a enfrentar desafíos, Connie. Así es la vida. Lo que importa es cómo enfrentas esos desafíos, ¡y tú lo haces con ferocidad y con clase!».

Con determinación y con clase.

¿De verdad era así? Había pasado gran parte de mi vida andando de puntillas para complacer a mi padre, a mi jefa, para hacer feliz a mi madre; que en paz descanse. Había intentado evitar las olas, y ahora estaba provocándolas. ¿Es eso lo que me hacía sentir tan incómoda?

Llamaron a la puerta, ambas levantamos la vista y nos miramos. «Yo abro», dijo Natalie mientras yo me secaba los ojos y me alisaba el pelo.

Se oyó una conversación entre murmullos en la puerta, y luego Natalie se hizo a un lado para dejar entrar a quienquiera que estuviera fuera. Tres de los vecinos entraron. Desde que me había mudado, solo habíamos intercambiado sonrisas, pero nada más. «Nos hemos enterado de todo lo que ha pasado», dijo una mujer con una camisa a cuadros y una falda larga. «Queríamos venir a ver si estabas bien».

«Estoy bien», dije, poniéndome de pie y mirando a mi alrededor. Tres rostros me devolvieron la mirada, cada uno con su propia expresión de preocupación. «No ha sido una buena semana», dije, sacudiendo la cabeza.

«Lo sabemos, y solo queremos decirte que lo sentimos», dijo un hombre que vivía al otro lado de la calle. Con su camiseta de Black Sabbath, no parecía el tipo de hombre que yo imaginaba pidiendo perdón por nada.

«¿Sentirlo por qué?».

«Por todas las críticas que has recibido. Por los chismes. Hay gente en este pueblo que debería saber que no se debe juzgar a los demás», dijo la mujer.

«Y por no haber venido antes a darte la bienvenida al pueblo», dijo el otro vecino. Me di cuenta en ese momento que llevaba un plato con cupcakes de chocolate. Las sostenía hacia delante, como una ofrenda de paz en un momento de crisis. Podía haberme metido los ocho deliciosos pasteles en la boca en ese instante y ahogar mis penas con azúcar, pero me contuve y acepté el plato. «Gracias. Tienen muy buena pinta. Y no pasa nada por lo de la bienvenida. Puede ser incómodo. Lo entiendo».

«No queríamos parecer entrometidos. Y luego empezaron a correr rumores y no sabíamos qué decir para mejorar la situación».

«Lo están haciendo bien», dije en voz baja.

«Eso está bien», asintió la mujer. «Nos enteramos del incendio. Está en todas las redes sociales».

Por un momento, no entendí por qué hablaba de incendios. Entonces recordé que mis chicos se habían ido por una emergencia.

«¿Dónde es?».

«En el polígono industrial, a las afueras de la ciudad. Hay una gran fábrica de pintura allí. Ha habido una explosión y todo el lugar está en llamas».

«¿Una explosión?». Mis ojos se encontraron con los de Natalie y reflejaron mi propia preocupación. Había estado tan absorta en el drama de esa noche que no me había dado cuenta del peligro en el que se encontraban los hombres que amaba.

«Estoy seguro de que todo irá bien», dijo el hombre de la camiseta de Black Sabbath. «Tenemos a los mejores bomberos de la ciudad». Me guiñó un ojo y yo sonreí, pero todo era una fachada. Por dentro, sentía que iba a derrumbarme de nuevo.

Natalie me conocía lo suficiente como para darse cuenta y se acercó a mis vecinos para darles las gracias por venir y por sus amables palabras. Caminé lentamente hacia la cocina, agarrando el plato de cupcakes como si mi vida dependiera de ello.

Mis vecinos debieron de notar que ya no estaba de humor para charlar y se marcharon en silencio. Su visita me había quitado un gran peso de encima, pero me había añadido otro.

«Han sido muy amables», comentó Natalie, apareciendo a mi lado. «¿Puedo tomar uno? No he parado a comer».

«Claro». Tomó uno, le quitó el envoltorio y gimió al probarlo. «Tu vecina es buena. Tienes que seguir siendo amiga de ella».

«Sí». No podía digerir ni siquiera los dulces más deliciosos con mis chicos ahí fuera luchando por mantenerse a salvo.

«Van a estar bien», dijo Natalie. «Y tú también. Créeme. Pongamos una película para que te distraigas. Me quedaré hasta que vuelvan los chicos. Quizás pase la noche aquí si es demasiado tarde para conducir».

«Deberías volver con tus bebés», le dije, pero ella negó con la cabeza.

«Estoy aquí para ti, Connie, igual que tú siempre has estado ahí para mí. Somos un equipo».

Me rodeó los hombros con el brazo y me llevó de vuelta al salón. Busqué mi teléfono y les envié un mensaje a todos para que me llamaran en cuanto estuvieran a salvo.

Natalie eligió una película que vimos juntas por primera vez cuando éramos adolescentes, e intenté concentrarme en ella, pero fue imposible. Mi mente estaba con mis chicos. En algún lugar corrían un gran peligro y no podía descansar.

Después de media hora, estar sentada me estaba volviendo loca. Me levanté y empiecé a dar vueltas, y Natalie me siguió con la mirada, con las comisuras de los labios hacia abajo.

«¿Y si no vuelven?», pregunté.

«Volverán». Natalie dio una palmadita al asiento junto a ella, pero tenía que seguir moviéndome.

«No lo sabes. Nadie lo sabe. ¿Y si se hacen daño?».

«No puedes pensar así, cariño. Hacen un trabajo que siempre tendrá un elemento de peligro, pero lo hacen porque saben personalmente lo importante que es. No vas a conseguir que cambien eso».

«¿Qué quieres decir?», pregunté, ya que la palabra «personalmente» me parecía extraña en su frase.

«Bueno, con lo que le pasó a su madre».

¿Su madre? Sabía que había muerto, pero nunca me dijeron cómo y yo nunca pregunté. Tampoco habíamos hablado de mi madre. Pensaba que simplemente estábamos siendo cuidadosos con los sentimientos, pero ahora creía que debía haber preguntado. ¿Qué clase de novia era si había algo tan importante en sus vidas y no sabía nada?

212

Natalie debía estar preguntándose lo mismo, pero no comentó nada. «Hubo un incendio en su casa. Fue mientras estaban en el instituto. Su madre se fue a echar una siesta y dejó un sartén en el fogón. Se incendió y murió por inhalación de humo. Los chicos vieron a los bomberos fuera de su casa. Vieron cómo se llevaban a su madre en una ambulancia, pero, por desgracia, ya era demasiado tarde».

Me llevé las manos a la boca. «Dios mío».

Ahora entendía por qué estaban tan decididos a dejar de lado los planes que su padre tenía para ellos y seguir su propio camino. Ahora entendía por qué les apasionaba tanto el papel que desempeñaban en el servicio de bomberos y es que Intentaban evitar que otras personas sufrieran la misma devastación que ellos experimentaron.

«Lo sé», dijo Natalie, sacudiendo la cabeza.

«Es tan triste y tan traumático».

Me hundí en el sofá, sintiéndome increíblemente egoísta. Había hablado tanto de mi padre, compartiéndoles todo mi dolor y mi angustia, y ellos no habían revelado nada de lo suyo. Quizás no habían querido abrir viejas heridas, o quizás pensaron que yo no podría soportar escuchar su tristeza. Cuando regresaran, tenía que decirles que nuestra relación debía ser más abierta. No podíamos seguir adelante si ellos se guardaban sus heridas y sus problemas pasados o presentes.

Las palabras «seguir adelante» resonaba en mi mente.

Durante los últimos meses, había estado reprimiendo mis sentimientos.

Había estado repitiendo una y otra vez todas las razones por las que esta relación nunca podría ser más que un increíble interludio en mi vida, pero ahora no podía imaginar mi futuro sin estos hombres.

Sí, nuestros padres se oponían a nuestra unión. Sí, habría gente a nuestro alrededor que encontrara repugnante nuestro amor. Pero también había gente que nos animaba a tener éxito y gente que descubriría nuestro acuerdo y lo aceptaría tal y como es: otra forma de amar y ser amado.

«Solo quiero que vuelvan a casa», le dije a Natalie. «Necesito decirles que los quiero y que esto es lo que elijo para mí».

«Creo que ya lo saben», sonrió Natalie. «Solo que tú tardas en darte cuenta de lo que todos los demás notan».

Parpadeé, preguntándome si mi mejor amiga tenía razón. ¿Por qué me alegré tanto de empujarla a la relación con Miller, Max y Mason y me costaba tanto aceptar ese tipo de amor para mí?

Porque, en el fondo, era mucho menos segura de mí misma de lo que aparentaba con mi actitud descarada.

«Espero que lo sepan. Espero que estén haciendo todo lo posible por volver conmigo».

«Sé que lo están haciendo». Natalie sonrió y se acercó más. Me tomó la mano y la posó sobre su regazo. «Mereces ser feliz, Connie. Eres la mejor persona que conozco».

Me reí, pero por dentro se me llenó el corazón. «¿Esto significaba que realmente vamos a acabar siendo parientes?».

«Sí. Primas políticas. Ah, y nuestros hijos serán primos segundos. ¡Qué alegría!».

Apreté la mano de mi mejor amiga. «Sí, es genial».

Pasaron dos horas para que mis chicos volvieran a casa. Parecían cansados y desaliñados, y aunque se ducharon antes de salir de la estación, todavía olían ligeramente a humo y productos químicos. Me levanté de mi asiento y crucé la habitación corriendo, abrazándolos a todos con una ferocidad que parecía sorprenderlos.

«Hola». Karter fue el último en recuperar el aliento y me abrazó con fuerza, acariciándome la espalda. «Estamos bien. Todo está bien».

«Estaba muy preocupada».

«No deberías haberlo estado», dijo Holden, enderezándose. «Sabemos lo que hacemos».

«Sé que sí, pero de todas formas pueden pasar cosas malas».

«¿Tienen hambre, chicos?», preguntó Natalie. «Uno de sus vecinos ha traído unos cupcakes que están casi tan buenos como el sexo».

Los chicos se rieron entre dientes. «Les diré a mis primos que estás comparando sus habilidades en la cama con productos horneados», dijo Kane.

«Ya lo saben», respondió Natalie encogiéndose de hombros. «Lo hago todo el tiempo».

Todos nos dirigimos a la cocina y me ofrecí a preparar chocolate caliente y sándwiches de queso fundido para acompañar el regalo del vecino. Sentados alrededor de la mesa, mis chicos compartían la historia del último incendio, y me sentí muy orgullosa de lo bien que se tomaban su trabajo. Holden y Harris eran los más agotados, así que se fueron a la cama mientras el resto recogimos. Acomodé a Natalie en la antigua habitación de Holden y la dejé hablando por teléfono con su familia.

De repente, los preparativos para irme a la cama me parecieron diferentes. Antes de esta noche, sentía que estaba jugando con esta vida. Estaba viviendo un sueño al prolongar una aventura vacacional que me parecía increíble, pero que no iba a funcionar a largo plazo. Sin embargo, mientras veía a Kane y Karter pasearse por la habitación en pantalones cortos grises y observaba a Holden y Harris, que ya estaban durmiendo, me sentí realmente como en casa.

Este lugar, entre estos cuatro hombres, era seguro. La forma en que me querían no consistía en obligarme a cumplir con ciertos estándares y manipularme para que sea el tipo de persona que ellos querían. Se trataba de ver quién era yo en el fondo y apoyarme para que me convierta en eso y mucho más. Habían demostrado que harían lo que fuera necesario para defenderme, tanto físicamente como de las palabras que me pudieran herir igual de profundamente. Habían sido abiertos y sinceros sobre lo que querían. Habían luchado por nuestra relación incluso cuando yo tiraba en la dirección contraria.

Estos hombres eran más de lo que podría haber esperado y más de lo que merecía, aunque sabía que ellos no estarían de acuerdo conmigo.

Dormimos unas horas antes de que el cuerpo de alguien se acercara al mío por detrás. No abrí los ojos para averiguar quién era porque no importaba. No había diferencias entre lo que siento por estos hombres.

Empezó lentamente con suaves besos en mi cuello, manos acariciando mis pechos, dedos buscando entre mis piernas. Cuando estuve mojada, un pene dura y grueso se introdujo dentro de mí y gemí suavemente. Más manos llegaron a mi cuerpo dispuesto, una boca en mis pezones, mi pierna levantada. Otro pene se metía dentro de mí hasta que estaba tan llena que no podía moverme. Estaba totalmente bajo su control, exactamente donde necesitaba estar.

Me corrí, y fue como saltar al vacío y caer en una piscina caliente. Ondas de placer se extendieron desde mi coño por todo mi cuerpo.

Mis hombres me llenaban una y otra vez, compartiéndome sin posesividad, solo con franqueza y amor.

Y después, descansé sobre el pecho fuerte de alguien, con una pierna sobre la mía, una mano sujetándome la cintura, y lo supe en mi mente, en mi cuerpo y en lo más profundo de mi corazón.

Este era mi mundo.

Estos cuatro hombres irrumpieron en mi vida, mostrándome un calor que nunca antes había experimentado.

Y ahora, no podía imaginarme un futuro sin ellos. Nuestro amor hervía perfectamente a fuego lento, y yo descansaba satisfecha entre sus cuerpos, creyendo que sería así para siempre.

EPÍLOGO

El sol empezaba a asomar por el horizonte, cambiando el negro del cielo nocturno a un tono marrón y luego a un naranja quemado, antes de iluminar finalmente el océano con destellos dorados. El bebé en mis brazos se movió y miré a mi hijo, ajustándole un poco más la manta que lo envolvía. La mañana tenía un frío que pronto pasaría. Con mis pantalones de yoga, sentía suficiente calor, pero este pequeño necesitaba acurrucarse.

Detrás de mí, en el dormitorio, sus padres dormían como troncos. Sabía que si los sacudía, se despertarían y querrían ayudar a cuidar del pequeño Brett, pero estaba disfrutando de un rato de tranquilidad a solas, contemplando la belleza de un nuevo día y maravillándome de lo rápido que crecía mi pequeño.

La puerta del balcón de al lado se abrió y Natalie apareció con un bonito camisón azul. Su pelo de duendecillo estaba revuelto y se estiraba, sin darse cuenta aún de que tenía público. Se dio la vuelta e hizo un gesto para que alguien se uniera a ella. El pequeño Thai se acercó a su mamá con paso vacilante, con los brazos extendidos, y ella lo levantó en brazos, señalando el sol. Le susurró al oído y él escuchó atentamente, contemplando la belleza que me había llevado al balcón antes. Al cabo de un momento, Natalie se dio la vuelta, me vio y sonrió.

«Mira. La tía Connie también está viendo salir el sol y saludándolo», dijo ella. Thai se retorció en los brazos de Natalie y, cuando ella lo bajó al suelo, se dirigió tambaleándose hacia mí. Natalie le cogió de la mano para que no molestara a Brett.

«Brett es madrugador», dijo, sacudiendo la cabeza. «Me gustaría poder decirte que las cosas mejoran, pero eso demostraría que miento». Agitó la mano en círculos sobre la cabeza de Thai y sonrió. «Estoy agotada, pero ver su entusiasmo por casi todo es lo más bonito que hay. Mi madre no deja de decirme que aprecie cada momento porque crecen demasiado rápido».

«Me lo creo», susurré. «Parece que fue ayer cuando Thai era del tamaño de Brett, y ahora míralo. Era enorme».

«Al menos Tommy duerme», añadí, señalando con la cabeza hacia la habitación donde sus maridos también seguían durmiendo. El otro gemelo de Natalie es el niño más tranquilo que había conocido nunca. Le encantaba observar a la gente y, mientras hubiera mucha actividad a su alrededor, se contentaba con sentarse y disfrutar del espectáculo. Además, dormía toda la noche desde que tenía tres meses. Era algo que le repetía constantemente a Brett, con la esperanza de que quisiera competir con su primo segundo en esta habilidad para la vida, si no en otra cosa.

«Es un día importante y emocionante», anunció Natalie, mirando a Brett con una suave sonrisa en el rostro.

«Sí, lo es. Y también es estresante».

«Todo irá bien». Ella intentó tranquilizarme, pero en realidad no tenía ni idea de cómo sería la boda de mi hermana. Papá seguía enfadado por mi situación doméstica. Ni siquiera cuando los chicos le pidieron mi mano para casarse fue suficiente. Se limitó a reírse y les preguntó cómo demonios pensaban lograr una unión religiosa cuando vivíamos en pecado. Holden le recordó pacientemente todos los hombres bíblicos que tenían muchas esposas, pero papá ya había dejado de escuchar, probablemente porque lo que realmente sabía sobre el buen libro cabría en el reverso de un sello postal.

Después de eso, decidí que el matrimonio realmente no era para mí en este momento. Amaba a mis chicos con todo mi corazón y sabía que estábamos comprometidos el uno con el otro para siempre. No necesitaba un papel para demostrarlo ni un montón de gente que nos viera hacer público nuestro amor. Me parecía especial que fuera privado, algo hermoso y cálido que existía solo entre nosotros.

Natalie había intentado animarme a olvidar la opinión de mi padre, pero ya ni siquiera se trataba de él. Solo quería vivir en paz y concentrarme en Brett. Quizás cambiara de opinión en el futuro, quizás no. En cualquier caso, era feliz.

«Todavía no puedo creer que Carmella me haya elegido como su dama de honor».

«Es tu hermana», dijo Natalie. Mi amiga no tenía hermanos, así que no entendía lo complicadas que pueden ser las relaciones fraternales. Nunca había habido ninguna pelea entre Carmella y yo, solo una constante rivalidad que había mantenido las cosas incómodas entre nosotras.

«Estoy segura de que tiene amigas más cercanas», dije encogiéndome de hombros.

«Creo que quizá ella te valora más de lo que tú la valoras a ella».

Era algo difícil de afrontar. Se sentía extraño pensar en lo diferente que podía ser la percepción que Carmella tenía de su relación conmigo. «De todos modos, hoy cumpliré con mi deber y seré la mejor dama de honor que pueda ser. Y luego estoy segura de que las cosas volverán a la normalidad inmediatamente».

«Quizá me equivoque al esperar un cambio», dijo Natalie. «La vida es mucho mejor cuando las relaciones familiares son fáciles».

Recordé las palabras hirientes que Blake soltó la última vez que los chicos intentaron ponerse en contacto con él. Le hicieron una videollamada para presentarle a nuestro hijo pocas horas después de que naciera. Tenían muchas esperanzas de que ver a su primer nieto le ablandara el corazón, pero no fue así. Mientras que Conrad acabó aceptando la inusual situación de sus hijos, Blake se mantuvo firme en su desaprobación. Solía sentir mucha culpa, pero eso ya pasó.

La desaprobación de Blake seguía siendo un punto delicado para mis hombres, que se merecían un padre que los aceptara y respetara sus decisiones. Ninguno de nosotros tenía derecho a dictaminar cómo otro ser humano encuentra su felicidad. Nuestro tiempo en este planeta es corto, y todo tipo de compromiso debía ser válido cuando se basaba en el amor.

«Me preocupa que mi vestido me haga lucir horrible», dije. «Tenía en mente que para esta boda ya se me hubiera ido la barriguita de embarazada».

«Sé que vas a estar estupenda. Y date un respiro. Acabas de dar a luz a un ser humano. Tu cuerpo ha tardado nueve meses en adaptarse. Necesita tiempo para recuperarse. Y, además, todavía estás dando el pecho».

«Tengo hambre todo el tiempo», me quejé.

«Y eso es natural. Cuando Brett tenga el tamaño de Thai, podremos hablar de ejercicios para fortalecer el abdomen. Hasta entonces, tienes que relajarte. Sé que a tus hombres les encantan todas esas curvas extra. Son como sus primos. Te juro que Mason, Max y Miller no se cansaban de mí cuando tenía el peso del embarazo. Es más carne que agarrar. Y a Thai y Tommy les encanta apretujar lo que me queda de barriga de embarazada. Me dicen que soy achuchable, y me encanta».

Como si no quisiera ser menos que su primo segundo, Brett se movió en mis brazos y se acurrucó más cerca. Natalie tenía razón. Todos los cambios corporales que acompañan al embarazo deberían ser algo que debamos acoger, disfrutar y aceptar. Prometí intentar mantener una actitud positiva.

«Estoy muy agradecida de que Conrad nos dejara quedarnos a todos anoche. El viaje desde Hope Springs habría sido demasiado largo para hacerlo dos veces en un día».

Natalie rechazó mi agradecimiento con un gesto. «Le encanta tener a todo el mundo aquí. Sé que solía burlarme de él, pero realmente es un hombre de familia».

«Bueno, creo que voy a entrar a darme una ducha ahora que el pequeño está durmiendo. Me iré antes del desayuno. Voy a ir a casa de Carmella para ayudarla a prepararse. ¿Puedes echarle un ojo a Brett? Sé que los chicos saben cómo cuidarlo, pero comprueba que tienen su bolsa de pañales antes de irse a la iglesia».

Natalie sonrió mientras la brisa matinal le agitaba el pelo. «Por supuesto que lo haré. Tengo tres maridos a los que tengo que recordarles todo. Estoy muy acostumbrada».

El vestido, al final, me quedó genial. Admito que me puse ropa interior moldeadora para no parecer tan rechoncha. Conseguí extraer leche de ambos lados mientras me maquillaba y la guardé en la mini nevera que nos habíamos traído. Atrás quedaron los días en los que tener cervezas a mano eran una prioridad. Ahora, los productos de mi lactancia habían sustituido a las botellas de cristal marrón del pasado.

Brett seguía durmiendo en su cuna cuando me preparé para salir. Tenía una nota para los chicos, pero Harris abrió un ojo mientras la dejaba en la mesita de noche.

«Vaya», me miró de arriba abajo, con sus ojos azules muy abiertos en señal de aprecio.

«Has olvidado cómo me veo cuando me arreglo, ¿verdad?», le susurré, riendo.

«Estás guapa todos los días», dijo.

«Nos vemos luego, ¿vale?».

Echó un vistazo a la cuna y vio al pequeño Brett durmiendo profundamente, y asintió con la cabeza. «Llegaremos a la iglesia puntuales. Me aseguraré de ello».

«¡Gracias!».

Me resultaba extraño estar sola en el auto. Me había acostumbrado bastante a llevar a Brett conmigo allá donde iba. Se había convertido en uno de los favoritos de la cafetería Roasted. A mi equipo le encantaba verlo y había sido estupendo que aceptaran que prolongara mi baja por maternidad con un permiso sabático no remunerado. Solo quería pasar al menos seis meses en casa con mi bebé antes de volver al trabajo.

El trayecto hasta la casa de Carmella era agradable a primera hora de la mañana del fin de semana. Cuando llegué, todo parecía tranquilo desde fuera, pero quién sabe lo que estaba pasando detrás de las puertas cerradas.

Cuando toqué el timbre, mi corazón se aceleró por los nervios. Este podría ser otro día horrible, y tendría que tragarme todo porque no iba a montar una escena en el día especial de Carmella.

La mejor amiga de mi hermana, Sandy, abrió la puerta. Todavía no entendía por qué yo era la dama de honor y Sandy la madrina. Estaba preciosa con su vestido azul claro sin tirantes y más sonrojada de lo que nunca la he visto.

«Connie, aquí estás». Sandy cerró la puerta detrás de mí y me agarró por los brazos, clavando sus ojos serios en los míos. «Carmella está muy sensible. No sé qué le pasa. Tienes que hacer algo. Solo nos quedan dos horas para estar en la iglesia y la maquilladora no consigue que nada le quede bien en la cara».

Me soltó, dio un paso atrás y negó con la cabeza. «Sabía que esto iba a pasar. Tu padre está peor que de costumbre. Toda la preparación para hoy ha sido muy estresante».

«¿Qué?», pregunté, confundida.

«Ya sabes cómo es. Presiona mucho a Carmella para que sea perfecta, y ella se esfuerza mucho, pero nada ha salido bien. El lugar que ella quería no era lo suficientemente bueno. Él ni siquiera está pagando nada, y Carmella ha tenido que pedir un préstamo para cubrir el coste adicional del club de campo. Ni siquiera el vestido es el que le gustaba, porque tu padre quería que llevara el vestido de tu madre. Es demasiado para ella».

«Mierda». Moví la cabeza negativamente, luchando por comprender que Carmella había estado sintiendo la misma presión que yo todo este tiempo y yo ni siquiera lo había notado. Ella simplemente había sabido lidiar con ello mejor que yo. ¿O no? Parecía que todo en su vida estaba controlado por papá hasta tal punto que no podía respirar. Al menos yo había conseguido romper con eso y vivir la vida que me hacía feliz.

«¿Qué vestido quería?», pregunte.

«No era nada caro. Es de la tienda de bodas del centro comercial Clerkenwell Mall. Se lo probó allí y le quedaba perfecto».

«¿Cuánto costaba?», pregunté.

«Seiscientos dólares», respondió Sandy.

Saqué mi tarjeta de crédito del bolso. «¿Puedes ir al centro comercial a comprarlo? Vamos a ayudar a Carmella a recuperar este día de la única manera que podemos».

Los ojos de Sandy se iluminaron y una gran sonrisa se dibujó en su rostro. «Sí, claro».

Arriba, Carmella estaba sentada en el borde de la cama, encorvada. Se abrazaba con fuerza su precioso albornoz de novia con bordes de encaje. Llevaba el pelo peinado, pero la maquilladora estaba sentada en el pequeño taburete frente al espejo, esperando pacientemente. Carmella tenía un nudo en el pecho y se secaba las lágrimas. Se giró y pareció sorprendida de verme.

«Mierda, Carmella». Me arrodillé a su lado en el suelo, con la tela de mi vestido largo extendiéndose a mi alrededor. «¿Qué pasa?».

«No puedo hacerlo». Negó. «Es que... todo esto es demasiado para mí».

Le apreté la mano y me acerqué un poco más. «¿Quieres a Derek?».

«Por supuesto», respondió.

Era un alivio oírlo, porque había conocido a Derek a través de nuestro padre y, por un momento, pensé que quizá se casaba con él solo para complacer a papá.

«¿Entonces es solo por la boda?».

Ella miró el vestido que colgaba de la puerta del armario. «No siento que sea mi día. Solo voy a hacer esto una vez y quiero ser yo misma, no una réplica de mamá».

«Lo entiendo perfectamente. El vestido de mamá es bonito, pero fue su elección».

«¿Qué voy a hacer? ¿Dónde está Sandy?».

«Se ha ido al centro comercial con mi tarjeta de crédito a comprar el vestido que tú quieres. ¿Te parece bien?».

Carmella se asustó inmediatamente. «Pero, ¿qué pasará con papá? Se le romperá el corazón».

«¿Prefieres que seas tú quien se quede desconsolada? Papá es un hombre adulto. Es un hombre manipulador. Si no vivimos nuestras vidas como él quiere, nunca es lo suficientemente bueno. No debería ser así, hermana».

«Solo quiere lo mejor para nosotras», dijo Carmella, mirando de reojo a la maquilladora, que escuchaba con interés. ¿Estaba bien airear los trapos sucios de nuestra familia en público? Probablemente no, pero ya me daba igual. Teníamos que ir a una boda.

«¿En serio? ¿Llorar porque llevas un vestido que no te gusta es lo mejor para ti? ¿Endeudarte para que papá pueda presumir ante sus amigos es lo mejor para ti?».

Ella negó con la cabeza. «Odio mi trabajo», dijo. «Y esta casa... simplemente no va conmigo».

«¿Y has tomado todas esas decisiones para que papá esté orgulloso de ti?».

Un suspiro escapó de sus labios, su mano secó una lágrima que amenazaba con caer. «Cuando mamá murió, solo necesitaba estar cerca de papá. No me daba cuenta de lo que costaba mantenerlo feliz. A veces pienso que mamá tuvo un infarto porque intentaba desesperadamente estar a la altura de sus expectativas todo el tiempo».

Era algo que yo también había pensado. «Sé que quieres su aprobación, pero si eso supone sacrificar tu felicidad, ¿vale la pena?».

Carmella bajó la cabeza. «No, pero la alternativa es...».

«La alternativa es que recuperes el control que le has cedido y él tenga que acostumbrarse. No puedes vivir tu vida por él. Estás a punto de construir una vida con Derek. Tienes que vivir por los dos. No puede haber un tercero, o nunca funcionará. ¿Querría Derek que lloraras la mañana de tu boda?».

Ella negó con la cabeza. «Se quedaría devastado si pudiera verme. Lleva semanas intentando convencerme de que compre el otro vestido».

«Porque se preocupa por ti, cariño, y eso es maravilloso».

«¿De verdad voy a hacerlo?», preguntó. Le temblaba la mano, como si el estrés de la rebelión fuera demasiado para ella.

«Sí, lo vas a hacer. Deja a papá en mis manos. Y ahora tienes que arreglarte la cara. Ni loca te voy a acompañar a la iglesia con esa cara tan manchada».

Carmella me dio un golpecito en la mano y sonrió con tristeza. «Siento mucho cómo he sido contigo estos últimos años. Sé que ha sido duro para ti. He oído las cosas que él te ha dicho».

«Cada vez me cuesta menos ignorarlo», dije mientras ella se levantaba de la cama. La maquilladora se levantó de un salto, ansiosa por empezar a maquillar a la novia.

«Eso está bien. Quizás tengas que darme algunas lecciones».

El maquillaje de novia era un proceso más lento de lo que esperaba, pero al final, Carmella estaba impresionante. Sonó el timbre y era Sandy, con una enorme bolsa negra para vestidos en alto sobre su cabeza. «Yo lo cojo», dijo, sin aliento por el esfuerzo.

«Está muy emocionada», dije, acompañándola arriba. «Dáselo tú. Yo voy a llamar a mi padre».

La expresión de Sandy se ensombreció de inmediato. «Estoy segura de que no va a ser una conversación fácil».

«Probablemente no, pero estoy en un punto en el que ya no me importa».

Mi corazón se aceleró mientras mi teléfono marcaba su número. Cuando contestó la llamada, se aclaró la garganta antes de decir hola.

«Papá», dije. «Estoy con Carmella. Solo quería decirte que no va a llevar el vestido de mamá».

Ni siquiera respiró antes de responder: «¿Qué? ¿Tú la has convencido?». Por supuesto, sería culpa mía.

«No es lo que ella quiere», dije con firmeza, reprimiendo el instinto de disculparme con él por lo que estaba pasando.

«Estaba feliz de llevar ese vestido. Estás envenenando a tu hermana. Tu madre estaría devastada».

«Mamá habría querido que llevara lo que ella quisiera. Siempre hablaba de ahorrar dinero para nuestros vestidos».

«¿Qué sabes tú de tu madre?», escupió. Por supuesto, él intentaría socavar mi relación con mi único progenitor que realmente se preocupaba por mí.

«Más que tú, al parecer. Ahora bien, no voy a discutir más este tema contigo. Carmella llevará el vestido que le gusta. Nos vemos en la iglesia. Si la alteras por esto, me aseguraré de que todos los invitados a la boda sepan lo que has estado haciendo. Esto ya ha ido demasiado lejos».

Se hizo el silencio al otro lado de la línea, pero no porque lo que dije hubiera escarmentado a mi padre en modo alguno. Al contrario. Estaba en silencio porque estaba furioso. Prácticamente podía sentir su ira a través del teléfono.

«Adiós». Colgué la llamada. Enseguida me llevé una mano al corazón y sentí cómo latía a toda velocidad. Lo había conseguido. Le había plantado cara. Cuanto más lo hacía, más fácil me resultaba.

Al subir las escaleras, Carmella ya se había puesto el vestido. Se había soltado un poco el pelo, lo que le daba un aire menos formal y realzaba las líneas sencillas de su nuevo vestido. Estaba preciosa y se parecía tanto a mamá que me dolía el corazón.

«Es perfecto», dijo, alisando el vestido. «Gracias».

«Es como debe ser».

Cruzó la habitación y me abrazó con cautela, preocupada por aplastar la tela entre nosotros. «¿Qué ha dicho papá?», preguntó mientras se separaba.

«Nunca iba a estar contento, pero tenemos que aceptarlo y sentir la felicidad por nosotras mismas».

Mi hermana asintió y sonrió con cautela. «Quiero ser como tú cuando sea mayor», dijo.

«¿Como yo? Siempre he pensado que yo debería ser más como tú».

«Tienes agallas, Connie. Siempre has intentado seguir tu propio camino».

«Y qué camino ha elegido», intervino Sandy, moviendo las cejas.

«Es una pena que Derek no tenga un hermano gemelo», dijo Carmella, y todas nos echamos a reír.

«Sabes, mis hijos tienen algunos primos. Si te tomas en serio ese estilo de vida, deberías venir a quedarte. Organizaré una pequeña fiesta y dejaré que la naturaleza siga su curso».

«¿Cuántos primos?», preguntó Sandy, abriendo los ojos con interés.

«Cinco. Y todos son vaqueros». Ahora me tocó a mí mover las cejas, y tanto Carmella como Sandy rieron a carcajadas.

«Cinco. No creo que sea más valiente que tú, Connie. Quizás dos estaría bien».

«Piensa en todos esos hombres buenos y trabajadores que traen el pan a casa», dijo Carmella. «¡En serio!».

Sandy se encogió de hombros. Hablaba mucho, pero no creía que realmente quisiera pasar a la acción. Supongo que ya lo sabríamos.

«¿Estamos listas para irnos?», pregunté.

«Lo estamos. Es hora de afrontar las consecuencias», dijo Carmella.

«Es hora de casarte con el amor de tu vida y divertirte a lo grande», le recordé.

Mientras bajábamos las escaleras, imaginé el día en que fuera yo la que sintiera mariposas en el estómago bajo mi vestido blanco. Serían mis chicos los que estarían esperando para convertirme en una mujer honrada. Sería nuestra familia la que se reuniera para unirse de por vida. Después de todo esto, quizá podría ser antes de lo que imaginaba.

El amor era algo hermoso, y yo había encontrado más del que jamás hubiera soñado. Mis chicos me habían demostrado que era una persona capaz de luchar por lo que creía realmente importante. Me habían dado una vida que no sabía que podía encontrar. Mis cuatro chicos guapos se habían convertido en mucho más que una simple aventura de vacaciones, y yo no podía estar más feliz.

SOBRE LA AUTORA

Stephanie Brother escribe apasionantes historias con chicos malos y hermanastros como principal foco romántico. Siempre ha sentido curiosidad por lo prohibido, y ésta es su forma de explorar esas relaciones tan complejas que amenazan con separar a sus parejas. Mientras escribe su camino hacia el trabajo de sus sueños, Stephanie espera que sus lectores disfruten de toda la experiencia emocional y romántica tanto como ella ha disfrutado escribiéndolas.